最強出涸らし皇子の暗躍帝位争い12

無能を演じるSSランク皇子は皇位継承戦を影から支配する

タンバ

角川スニーカー文庫

23835

目次

口絵・本文イラスト：夕薙

デザイン：atd inc.

皇族紹介

皇帝
† ヨハネス・レークス・アードラー

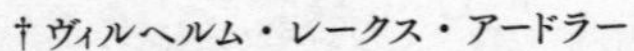

† ヴィルヘルム・レークス・アードラー

第一皇子。三年前に27歳で亡くなった皇太子。存命中は理想の皇太子として帝国中の期待を一身に受けており、その人気と実力から帝位争い自体が発生しなかった傑物。ヴィルヘルムの死が帝位争いの引き金となった。

† リーゼロッテ・レークス・アードラー

第一皇女。25歳。

東部国境守備軍を束ねる帝国元帥。皇族最強の姫将軍として周辺諸国から恐れられる。帝位争いには関与せず、誰が皇帝になっても元帥として仕えると宣言している。

† エリク・レークス・アードラー

第二皇子。28歳。
外務大臣を務める次期皇帝最有力候補の皇子。
文官を支持基盤とする。冷徹でリアリスト。

† ザンドラ・レークス・アードラー

第二皇女。22歳。
禁術について研究している。魔導師を支持基盤とする。
性格は皇族の中でも最も残忍。

† ゴードン・レークス・アードラー

第三皇子。26歳。
将軍職につく武闘派皇子。
武官を支持基盤とする。単純で直情的。

† トラウゴット・レークス・アードラー

第四皇子。25歳。
ダサい眼鏡が特徴の太った皇子。
文才がないのに文豪を目指している趣味人。

† 先々代皇帝
グスタフ・レークス・アードラー

アルノルトの曾祖父にあたる、先々代皇帝。皇帝位を息子に譲ったあと、古代魔法の研究に没頭し、その果てに帝都を混乱に陥れた“乱帝”。

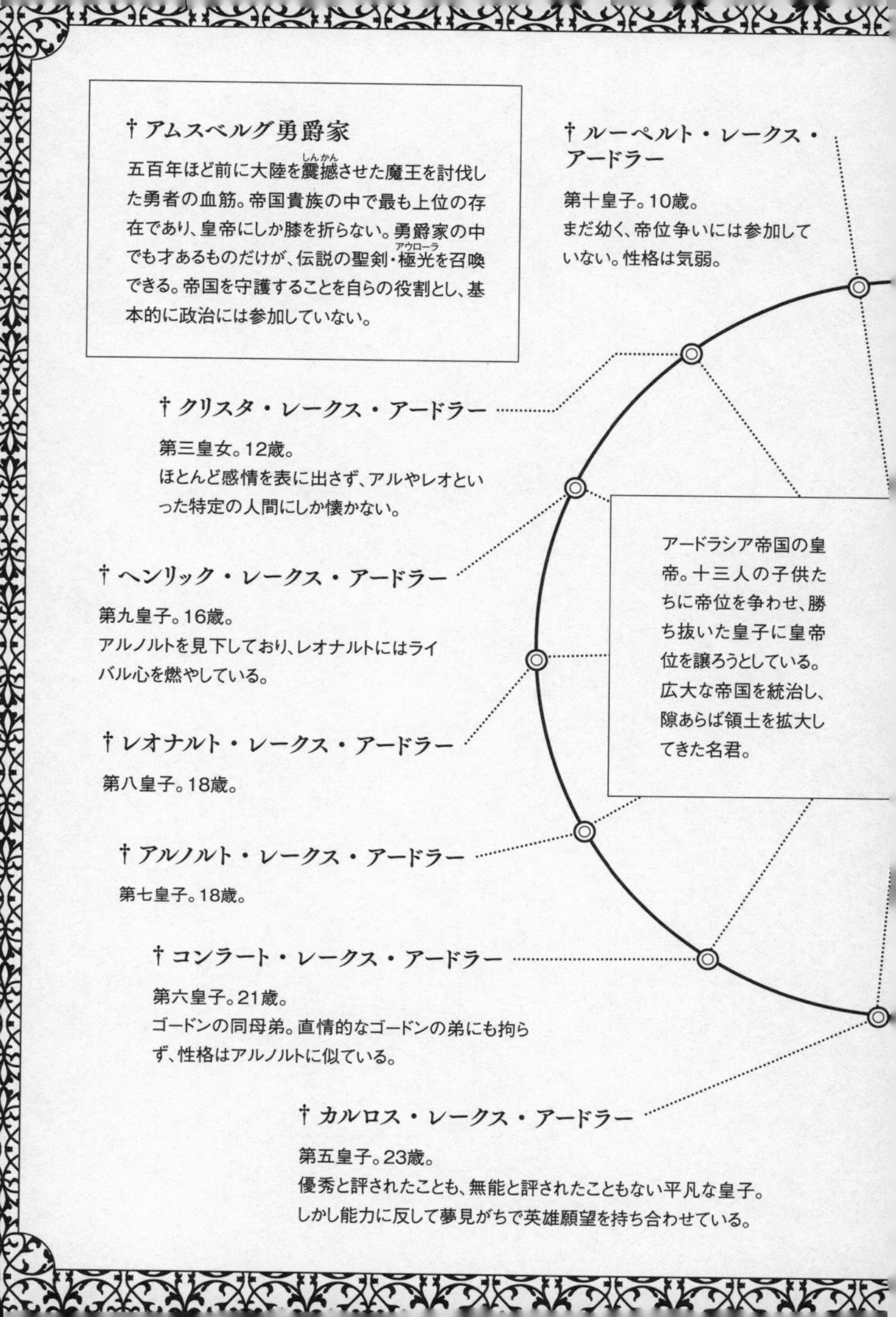
† アムスベルグ勇爵家
五百年ほど前に大陸を震撼（しんかん）させた魔王を討伐した勇者の血筋。帝国貴族の中で最も上位の存在であり、皇帝にしか膝を折らない。勇爵家の中でも才あるものだけが、伝説の聖剣・極光（アウローラ）を召喚できる。帝国を守護することを自らの役割とし、基本的に政治には参加していない。
† ルーペルト・レークス・アードラー
第十皇子。10歳。
まだ幼く、帝位争いには参加していない。性格は気弱。
† クリスタ・レークス・アードラー
第三皇女。12歳。
ほとんど感情を表に出さず、アルやレオといった特定の人間にしか懐かない。
† ヘンリック・レークス・アードラー
第九皇子。16歳。
アルノルトを見下しており、レオナルトにはライバル心を燃やしている。
アードラシア帝国の皇帝。十三人の子供たちに帝位を争わせ、勝ち抜いた皇子に皇帝位を譲ろうとしている。広大な帝国を統治し、隙あらば領土を拡大してきた名君。
† レオナルト・レークス・アードラー
第八皇子。18歳。
† アルノルト・レークス・アードラー
第七皇子。18歳。
† コンラート・レークス・アードラー
第六皇子。21歳。
ゴードンの同母弟。直情的なゴードンの弟にも拘らず、性格はアルノルトに似ている。
† カルロス・レークス・アードラー
第五皇子。23歳。
優秀と評されたことも、無能と評されたこともない平凡な皇子。
しかし能力に反して夢見がちで英雄願望を持ち合わせている。

第一章　忠義者

Episode 1

1

「どういうおつもりか？　ヘンリック皇子」

ヘンリックの本陣。

そこにやってきたウィリアムは来て早々、そう言ってヘンリックを睨（にら）んだ。

傍（そば）にいる将軍たちも冷や汗をたらすほどの迫力だ。

怒っているのは明白で、理由ももちろん明白。

ヘンリックがウィリアムたちに渡す予定だった兵糧を渡さないからだ。

しかし、そんなウィリアムを前にしてもヘンリックはどこ吹く風だった。剛毅（ごうき）というよりは鈍いだけではあったが、その様はウィリアムのことが嫌いな将軍たちには頼もしく映った。

「いきなり何の御用かな？　ウィリアム王子」

「とぼけないでもらおう？　我が軍の不足した兵糧はあなたが持ってくる手筈（てはず）だった」

「そうだ。しかし、兵糧が足りなかったのだ。我が軍が持ってきたのは我が軍の分だけ。あなたの軍の分はない」

「ふざけるな！　前線で戦う兵を飢えさせる気か⁉」

「こちらを責めるのは筋違いというもの。元々、兵糧に関しては連合王国と藩国に任せると約束したはず。しかし、届く兵糧は疎(まば)らで量も少ない。どういうことかな？」

「それは説明したはず！　藩国で新たな義賊が現れ、我々の兵糧を狙い撃ちにしているのだ！　それを踏まえて兵糧の護衛は増やしている！」

「だが成果は見えない。本国に問い合わせてはいかがかな？」

「……私に前線を離れろと？」

ウィリアムはヘンリックの魂胆を察していた。

兵糧を渡さないのはウィリアムにこれ以上、戦わせないため。

ウィリアムが退(ひ)けばこの場の指揮官はヘンリックとなる。

あからさまな妨害行為だが、兵糧の運搬が滞っているのも事実。

ライナーが上手(うま)く運用しているが、そこまで余裕はない。そんな状況でウィリアムは兵糧を焼かれてしまった。

今、ウィリアムへの風当たりは強い。ヘンリックのことを訴えても味方は少ないだろう。

ゴードンも前線での手柄争いとみて、干渉はしない。

ウィリアムには打てる手がなかった。

「あなたは連合王国の竜王子だ。名声もある。ここで退いたとしても誰もあなたが怖気づいたとは思いませんよ」

「そんなことはどうでもいい。私が気にするのは城に籠ったレオナルトだけだ。抑えられるのか？」

「兵糧を得たところで敗戦した軍とその将。僕の敵ではありませんよ」

「では聞くが……戦歴は？」

「初陣は済ませている」

「相手は山賊ではなく、英雄皇子だぞ!? 南方の公国では海竜と戦い、帝国南部では悪魔に打ち勝ち、クリューガー公爵にも勝利した！」

「大規模な軍を率いたうえでの戦功ではない！ 個人として優れているのと将として優れているのは別物だ！」

「彼は常に周りと協力して劣勢を撥ね除けてきた！ まさしく将として優れている！ 実際、包囲網が崩れても城を破らせてはいない！」

「城に籠るくらい誰でもできる！」

「やったことがない者が吠えるな！ 食うに困ったこともない皇子にはわからないだろう！ 籠城戦は辛く、忍耐の戦いだ！ そして籠城戦こそ将の器が問われる！ レオナルトの軍から逃げ出す者も裏切る者も出ていない！ 彼が全軍を掌握している証拠だ！」

ヘンリックを一喝し、ウィリアムは傍に控える将軍たちに目を向ける。

ウィリアムがここまで食い下がるのは自分のためではなかった。

ヘンリックにこの場を任せ、もしも敗れた場合。

ゴードンの優勢は吹き飛ぶ。

レオナルトは自由に行動できるようになり、ようやく手にした主導権を手放して、防戦に回ることになるだろう。

敵に渡った流れを取り戻すのは難しい。日和見を決めている北部貴族も動くかもしれない。

それをウィリアムは危惧していた。

「あくまで皇子は旗印。軍を動かすのは将軍たちだ。包囲を突破されない自信があるのか？」

「敵の狙いは時間稼ぎ。打って出てくることはありません。ご安心を」

「そうです、ウィリアム王子。何も城攻めをするとは言っていません。王子が本国に確認を取る間、包囲を引き継ぐだけです」

将軍たちの言葉にウィリアムは音が鳴るほど歯をかみしめた。

打って出てくることはない。

誰がそれを保証するのか？

手柄欲しさに兵糧を渡さない皇子が、城攻めをしないと誰が言える？

それに追従する将軍が止められるとも思えない。

そうなれば犠牲になるのは前線にいる兵士たち。

ウィリアムの直下には黒竜騎士隊のほか、複数の竜騎士隊とおよそ三千の連合王国の兵士たちがいる。

彼らを撤退させるのは容易い。しかし、それ以外は難しいだろう。

「……いいだろう。私は本国に確認を取りにいく。私の直下部隊と私に従う兵士は後方に下げる。よろしいな？」

「ええ、どうぞ。そんな兵士がいるならですが」

嫌味な笑みを浮かべるヘンリックを睨みながら、ウィリアムはその場を後にしたのだった。

■■

状況は深刻だった。

当初、城に籠ったレオナルトの本隊はおよそ二万。しかし敗走した軍であり、怪我人も多かったため、戦えるのは半数の一万程度とウィリアムは見ていた。

ゆえにウィリアムは二万の軍で包囲を展開していた。近くに包囲を破れる軍もいなかったためだ。

唯一の懸念である皇族派の軍はゴードンが二万で封じている。

布陣としては完璧だった。しかし、空からの輸送で兵糧が届けられてしまった。

動ける者も増えただろうレオナルトの本隊は、危険度が増していた。

それゆえの援軍。なのにヘンリックはウィリアムと協力する気がまったくなかった。

「状況は話したとおりだ。私の直下部隊は後方に退く。これよりの指揮はヘンリック皇子が執るだろう。従えないという者は私についてこい」

将軍たちに告げながら、ウィリアムは内心でため息を吐いていた。

ついてくる者などいないと思っていたからだ。

しかし、一人の将軍が声をあげた。

「私の部隊には怪我人も多い。ウィリアム王子と共に後方へ下がりたいと思います」

「フィデッサー将軍……」

意外な人物が声をあげた。

戦死したバルテルと共にウィリアムを嫌っていたはずのフィデッサー。

それがなぜ？

疑問がウィリアムを襲った。

「他の者は退かぬのか？」

「フィデッサー将軍。悪いことは言わぬ。やめておけ」

「どうしてだ？」

「ヘンリック皇子はゴードン殿下の弟君。血のつながりは半分ではあるが、こうして重用もされている。逆らえば地位が危うくなるぞ？」

「ふん……命のほうが大切だ。無能な指揮官の下で死ぬのはごめんだ」

そう言ってフィデッサーはウィリアムの傍まで行く。

そして一本の剣をウィリアムに見せた。

「戦死したバルテルの剣です。私はこの剣にゴードン殿下を勝たせると誓いました。無駄死にをするわけにはいきません。私の部隊も連れていっていただきたい」

「わかった。手配しよう」

ウィリアムはそう言ったあと、残る将軍たちに視線を向ける。

誰もがウィリアムとは目を合わせなかった。

仕方ないと諦め、ウィリアムは解散を告げた。

「……あなたは私を嫌っていると思っていました」

「好き嫌いでいえば嫌いですな」

「ではなぜ？」

「戦歴のない皇子にレオナルト皇子は止められません。私やバルテルが攻めた時とは違い、向こうは回復している。あなたがいなくなれば好機とみて動くでしょう」

それはウィリアムの懸念と一致していた。

バルテルにせよ、フィデッサーにせよ、勝算がなくて攻めたわけではない。

結果的に返り討ちにはあったが、敗走した軍を追撃するのは間違った戦術ではない。

実力で将軍まで上り詰めた、たたき上げの軍人であるフィデッサーには、ウィリアムと同じものが見えていた。

「彼らで止められると思うか？」

「無理でしょう。ヘンリック皇子の傍にいる将軍たちは、あなたが出陣するときに拒否した将軍ばかり。状況も理解できず、前線で手柄をあげる気もない腰抜けです」

ゴードン陣営にとって誤算だったのは、ゴードン寄りだった将軍が思ったほど参加しなかったことだ。

現在も少しずつ陣営に加わる兵士や指揮官は増えているが、実績のある将軍はほとんどいない。

帝都の反乱に失敗したゴードンに勝ち目は薄い。

優秀な者ほどそう考え、動かない。

ゆえに駒不足が顕著なのだ。

「……大敗は避けなければいけない」

「もちろんです」

「私は実際に後方に下がるが、将軍は部隊を率いて近くに待機せよ。何事もなければいいが、万が一、味方が敗走してきたら助けてやってくれ」

「妙案ですな」

フィデッサーに万が一の場合を託し、ウィリアムは竜に跨る。

兵糧の問題については、いずれウィリアムが確認しなければいけないことだった。

それが早まっただけだと自分に言い聞かせ、ウィリアムは空に上がる。

「まだ決着はつかないようだな。レオナルト」

帝都、そしてここでの一連の攻防。

強敵と見定めた皇子とはどうしても決着がつかない。

しかし、ここでヘンリックが負ければそれはいずれ訪れるだろう。

その時まで勝負は預けると城に向かって呟き、ウィリアムは撤退を報告するためにヘンリックの本陣に向かったのだった。

そして少しして、後方に下がる竜騎士たちをレオナルトたちはしっかり確認するのであった。

2

「行くのか？」

北部貴族による会議は終わった。

貴族たちは自分の領地に戻り、騎士を率いてくるだろう。

だが、それには時間がかかる。

そのため、先行して前線に近い貴族たちを援軍に差し向けるという方針となった。

それを率いるのはツヴァイク侯爵の名代であるシャルだ。

「うん。こっちに騎士を呼び寄せるよりも、私が行ったほうが早いもの」

「そうか……体調は平気なのか？」

「平気よ。心配しないで」

「……気を付けてな？」

「そっちこそ。大変なのはこれからよ？」

「……そうだな」

短い会話の後、シャルは笑みを浮かべて俺に背を向ける。

これから俺はどんどん集まる北部貴族の軍勢をまとめなきゃいけない。

それは大変ではある。しかし、危険ではない。

「シャル」

「どうかした？」

「ネルベ・リッターを連れていけ」

「近衛代わりの部隊を連れていけって？　あなたの護衛は？」

「セバスがいる。問題ない」

「問題しかないと思うけれど……」

シャルは苦笑しながら視線を後ろに向けた。

そこには部下と共にやってきたラースがいた。

「殿下のお傍を離れるわけにはいきません」

「気持ちはわかるが、戦力が必要なのはシャルだ」

「そうであっても殿下の守りを薄くするわけにはいきません」

「……頼む。俺を安心させるために行ってくれ」

利を説いてもきっとラースは動かないだろう。

北部貴族たちと一緒だ。

利では動かないなら感情に訴えるしかない。

「では部隊を二つに分けます」

「……百人の部隊を二つに分けるのは愚かだ。全員で行ってくれ」

「……殿下の下で戦いたいと思っています」

「精鋭部隊を遊ばせておく余裕はない。それに後から俺も行く。レオとシャルを頼む」

「……仕方ありません。命令には従いましょう」

ラースは諦めたようにため息を吐き、俺の願いを聞き入れた。

そしてネルベ・リッターたちも出立の準備に取り掛かる。

「これで北部諸侯連合の盟主が暗殺されたら目も当てられないわよ？」

「俺の存在はギリギリまで隠す。貴族たちにも厳命しているし、わざわざ暗殺には来ない。そんな余裕はゴードンたちにはない。むしろ、援軍の可能性がある貴族を狙うほうがありえる」

「だから私に護衛をつけるの？」

「そんなところだ」

そう言って俺はシャルに背中を向ける。

これ以上話していると危ないからやめろと言ってしまいそうだから。

そんな俺の背中にシャルが問いかける。

「もう……北部諸侯連合の盟主なんだし、私の口の利き方に何か言わないの？」

「手のひらを返す奴は嫌いだ」

「そう……じゃあこのままでいい？」

「ああ、気軽に話してくれる奴は貴重だ。これから先も……友人のように接してもらえると助かる。とても」

「まぁ、そっちがそう言うなら仕方ないわね。友人でいてあげるわ」

そう言ってシャルはその場を去っていく。

その姿を見送る俺の後ろでセバスが呟く。

「これで動きやすくなりましたな」

「そうだな……」

「心配ならシルバーとして動きますか？」

「戦争への介入はしない。わざわざ本部まで行った意味がなくなる」

「ですが、どうも気になっているご様子」

「シャルは友人だし……恩人の孫娘だ。死なせたら……俺は俺自身を一生許せない」

傍に置くことはできる。しかしそれはシャルの意志に反する。

俺の安心と引き換えにシャルを傷つけることになるだろう。

ローエンシュタイン公爵が命を賭けている。シャルも何かしたいと思うのは当然だ。

「では、どうなさいます？　ここにいるだけでは始まらないかと」

「そうだな……やれることをやろう」

「何から手をつけますかな？」

「ターレの街に人をやり、帝都から持ってきたキューバー大臣の発明品を持ってこさせろ。あそこにはこっちの切り札もあるしな」

「そういえばそうでしたな。使わないで済むなら使わないほうが良いでしょうな。技術大臣の首のためにも」

「使ったほうがいいに決まっている。必要だったから持ってきたと言えるだろ？　黙って持ち出したのなんて、戦果で帳消しだ」

「屁理屈（へりくつ）ですな。まぁアルノルト様らしいですが」

そう言ってセバスが肩を竦（すく）める。

これから敵がどう動くか。

予測はできるが断定はできない。

敵はウィリアム。帝都でも細い抜け道から逃げられた。

こちらの思惑を超えてくることは十分にありえる。

しかし、ゴードンのやりそうなことはほぼ読める。

追い詰められた場合にあいつがしそうなことは帝都にいた時点で予測できた。

だからそれに対抗する術（すべ）も持ってきた。

向こうは勝つために切り札を使うだろうが、それに対してこちらも切り札を使う。そうなればほぼこっちの勝ちだ。

「まぁ……腐っても兄だからな。そこまで堕ちていないと思いたいが」

「私の記憶にあるゴードン殿下は戦場での卑怯な振る舞いを嫌っておりましたが……」

「今のゴードンは昔と違う。ザンドラ姉上と同じようにな……」

「お気をつけください。陛下の耳に入ると騒ぎになりますぞ？　ザンドラ皇女は反逆者です」

「そうだな……」

姉とすら呼べない。

それだけのことをやった。仕方ない。そう思う俺もいるが、同時に狂わせた黒幕もいると信じている俺もいる。

きっとゴードンも一緒で、本当は違うと思えば思うほどやりきれない。

罪は罪。どれだけおかしくなっていようと、ゴードンは反逆し、それにザンドラ姉上も加わった。死罪は当然。

理解はできるが、納得はできない。

「帝位争いがおかしくなったのはいつからなんだろうな？　今回だけか？　それとも最初からおかしいのか？」

「私にはなんとも。しかし、明らかに今回の帝位争いがおかしいのは事実です。参加者ではなく、外にいる方々がそう言っている以上、何かが介入しているのでしょう」

「……魔奥公団（グリモワール）か」

「詳しく調べてみないとわかりませんな。動きは追っていますが、まずは内乱をどうにかしなければ」

「そうだな。早く帝位争いを終わらせるためにも……」

レオに手柄を立てさせる。

つまりレオがゴードンを討つということだ。

そのことに少しだけ心が動く。

もしもザンドラ姉上のようであったなら。

きっと残酷な未来が待っている。

「帝位争いに介入してきている奴は皇族を狙い撃ちしている。まるで……帝国の皇族が邪魔のような動きだ。そうだと思わないか？」

「アードラーの一族ほど恨みを買っている一族もいませんからな」

「積年の恨みか。まぁ関係ないか。どんな理由があれ……殴ってきたのは向こうだ。いつまでも姿を見せずに殴ってくるなんて都合のいいことはさせない。影に潜む者を探し出すぞ」

そう言いながら、俺は何もない空間に手を伸ばす。

それをするためには内乱を終わらせるしかない。

選択肢がない。そんな窮屈な状況を作り出した奴らに怒りが沸き上がる。

「この内乱を終わらせたら……必ず見つけ出して、潰す」

拳を握り、俺は決意を口にした。

そう言ったとき、それなりの数の騎馬が本陣を出立した。

シャルたちだろう。

「何事もなければいいがな」

「心配性ですな。ご安心なさいませ。前線にいるのは敵だけではありません。あなたの自慢の弟君もおります」

「……それもそうだな」

少しだけ心が楽になったのを感じながら、俺は青い空を見上げたのだった。

そして気持ちを切り替え、セバスに告げる。

「俺は一度、帝都に戻る」

「かしこまりました」

そんなやり取りのあと、自分用の天幕に戻り、俺は帝都に転移したのだった。

3

城に籠るレオは退いていく竜騎士たちを見て、軍議を開いていた。

「どう見る？　グライスナー侯爵」

「罠でしょう。もしくは援軍が到着したため、兵の入れ替えをしたかでしょう」

「やはりそう見るか」

「竜騎士は多少離れていてもすぐに駆け付けられます。こちらが好機とみて打って出れば、敵の反撃が待っているかと」

「……退いた敵の数は？」

「およそ七千から八千との報告です」

「……多いな」

レオはどうしても引っかかっていた。

援軍が到着したタイミングでわざわざ兵を下げるのはなぜなのか。

怪我人(けがにん)を下げるならわかるが、多くの竜騎士が後方に下がった。

意図が理解できなかった。

グライスナー侯爵は罠だというが、罠だとするならあからさますぎる。

さすがにこのタイミングで打って出るほど無謀ではない。

竜王子が相手の力量を読み間違えるとは思えない。

何もかもが不自然だった。

「君はどう思う？　カトリナ」

軍議に参加していた面々のうち、カトリナだけが難しい顔で考え込んでいた。

自分と同じように何か引っかかりを覚えている。

そう思ってレオは意見を求めた。

「普通に考えれば罠かと。ですが、援軍一万が来て、八千を下げる。しかもこれ見よがしに。竜王子の策だとするならあまりにもお粗末とも思います」

「僕もそう思っていた。竜騎士が退いた程度で僕らが城を出ると思うほど、彼は楽観的ではない。だけど、事実として竜騎士たちは見せつけるようにして撤退した」

「こちらを迷わせるのが狙いかもしれません」

「しかし、カトリナ。向こうがこちらを迷わせる理由はなんだ？　援軍一万が到着し、包囲は完璧だ。八千が退いたとしても、今までよりも二千も多い。迷わせるべきはこちらのはずだぞ？」

「はい、お父様。それが気になっています。なぜ？　という疑問がついて回るのです」

有利にある者が小細工をする必要はない。

時間稼ぎがレオの目的ではあるが、まだウィリアムが慌てるような時間でもない。今、動くのはどうしても理解できなかった。

時間の問題でないとするなら、兵糧の問題だ。

しかし。

「援軍は大量の馬車を連れていた。兵糧は十分なはずだ」

「時間も兵糧もある。それなのに小細工をした理由……」

レオは深く考え込み、周りの音を完全にシャットアウトする。

そして思考の海に潜り、ウィリアムがどうしてそんなことをしたのか。それについて考察を立て始めた。

必要がないのにやるほど効果的な策ではない。つまり必要だったからやった。

ではなぜ必要なのか？

時間に追われているわけでもなく、兵糧もある。

それでも大げさに退いてみせたのは――。

「撤退が真実だからか……」

「というと？」

「敵の竜騎士団は間違いなく退いた。加えて数千の兵も。それなら大げさに撤退してみせて、こちらを迷わせるのも理解できる」

「ですが、そうであったとしても敵の優位は変わらないのですよ？」

「そうだ。優位は変わらないはずだ。でも、小細工を弄した。つまり、敵の内情はこちらが思っているよりもひどいということだ」

「……撤退したのは竜騎士団だけでなく、竜王子も？」

「それなら納得がいく。指揮官が交代したなら絶対に攻められたくはないはずだ。指揮系統が混乱しているからね」

言いながらレオは机の上に広がった地図に目をやる。

その上に置かれた駒のうち、敵側の大駒をレオは指さす。

「援軍の総大将は？」

「いまだ判明しておりません」

「調べるんだ。想像通りならこちらにとって最大の好機がやってきたかもしれない」

ウィリアムの弱点は他国の王子であるという点だ。

これはゴードンの反乱。あまりにもウィリアムが活躍しすぎては、誰が主役かわからなくなる。

ゴードンがそれを容認していたとしても、周りが容認しない。

今までは口実がなかった。しかし、ウィリアムは敵に兵糧を焼かれ、輸送されるという失態を演じてしまった。

ウィリアムだけの責任ではないにしろ、付け込むには十分な隙だ。

「ゴードンはこの場にいない。代わりに将軍たちが御輿(みこし)として担ぐのはコンラートかヘンリックだ」

「指揮官が竜王子から経験のない皇子に変わったとなれば……敵の戦力は大幅に減少したと言えますな」

「敵の指揮官が皇子に変わっていた場合、こちらから打って出ますか?」

カトリナの問いかけにレオは首を横に振る。

状況はレオたちに有利なように思えるが、それは表裏一体。

一歩間違えれば誘い出された形になる。

「援軍の総大将がヘンリックだった場合は攻勢をかける。けれど、コンラートの場合は動かない。十中八九、罠だ」

「どういうことですか？」

「ヘンリックはプライドが高い。ウィリアム王子と衝突することは十分ありえる。けれど、コンラートは違う。何事も適当にこなすし、実力者を排除して自分を危険に晒すような真似もしない。だからコンラートが援軍を率いてきた場合、これは罠の可能性が高い」

ヘラヘラと軽薄に笑うコンラートを思い出しながら、レオはそう言った。

皇子の中で最もアルに似ている。それがコンラートに対するレオの評価であり、それはレオの中では最高の評価でもあった。

「コンラート皇子を警戒しておられるのですか？　あまり良い評判の聞かない皇子ですが……」

「よく覚えておくといい。皇族の中で評判の悪い皇子は警戒すべきだ」

トラウゴットにしろ、アルにしろ、評判は最悪だ。

しかし、その評判と実力は一致しない。

レオはコンラートにも同じ匂いを感じていた。

「では、偵察に力を入れます。竜騎士がいない以上、空からの偵察も容易でしょう」

「任せた。なるべく気づかれないように」

「時間がかかりますが、よろしいですか？」

「構わない。ウィリアム王子がわざわざ策を使ってこちらを迷わせている以上、信用できない指揮官なんだろう。ほぼ間違いなくヘンリックだ。そしてヘンリックなら隙はいくらでもある」

「しかし、ヘンリック皇子はザンドラ皇女の配下を一部吸収しています。魔導師部隊を編成しているやもしれません」

「脅威にはならない。ヘンリックが母親や姉から謀略を学んでいたならまだしも、母親の評判が悪いのを見て、二人から距離を置いていた。ヘンリックには戦場で警戒すべき能力はない」

断言しながらレオは視線を地図に移した。

その頭にはどうやって敵を打ち破るか。それしかなかった。

レオにとってヘンリックは警戒には値しない相手だったからだ。

勉学や武芸に励んでいたヘンリックは、それなりに優秀だった。しかし飛びぬけたものがないため、どうしても目立つことができなかった。

バランスはいいが、器用貧乏。

そのますますべてを伸ばすことができたならば万能といえたかもしれないが、その域には至れなかった。

それはヘンリックもわかっていた。

だからレオをことさらにライバル視していた。

レオも系統的には同じだったからだ。

しかし、レオは万能と呼ばれる域まで自分を高めていた。

そんなレオにとって警戒すべきなのは一芸に秀でた相手。

ヘンリックのような中途半端に優秀な相手は最も与しやすい相手だった。

「安泰という立場ではないから、手柄が欲しくなったか……」

　手柄争いは有利だからこそ発生する。

　しかし、戦場での有利不利などすぐに変わる。

　前線での経験が豊富な将軍は、どこまで自分を主張していいのかはわかっている。負けては元も子もないからだ。

　しかし、ヘンリックにはその感覚がない。

「ヘンリックとウィリアム王子が合わないことなんて考えればわかるはずだけど……」

　ゴードンには思い至らない。

　それはレオもわかっていた。

　ゴードンにとってウィリアムは自分の同盟者であり、自分の親友。ヘンリックごときが逆らうなど思いもよらないだろう。

　しかし、ゴードンの周りにいる人間は気づくはず。

「向こうも一枚岩じゃないな……」

　苦労しているだろうウィリアムを思いながら、レオはため息を吐く。

　ゴードン陣営も一枚岩ではないが、帝国側も一枚岩ではない。

　皇国との交渉はお手の物であるエリクが、いまだに交渉をまとめられないのが良い証拠だ。

　皇国では最近、巨大モンスターが出現した。それによる被害も多いという話も聞いている。

　帝国と手を組むのは皇国にとっても悪い話じゃない。

利害が一致しているのにいまだに交渉が難航しているのは、意図的に遅らせているから。

おそらく自分が敗走するまで交渉はまとまらないだろうとレオは読んでいた。

だが、その程度は想定内。

レオが待っていた援軍はリーゼ率いる東部国境守備軍ではないからだ。

「さて……反撃の策を考えるとしようか」

そう言ってレオは駒を動かし始めたのだった。

4

対陣したまま両軍に動きがなく、数日が過ぎた。

痺(しび)れを切らしたのはヘンリックのほうだった。

「僕はコンラート兄上にゴードン兄上を支えてほしいと言われた。だからこそ、僕はゴードン兄上を玉座につける」

集まった将軍の前でそうヘンリックは告げた。

自らを拾い上げたコンラートへの恩義がヘンリックには芽生えていた。

そしてそれは忠義に変わりつつあった。

ヘンリックはコンラートのために、ゴードンを補佐して邪魔者を排除するという意識を持っていた。ゆえにこの状況は好ましくなかった。

「これは……帝国の戦だ。竜王子が封じ込めたレオナルトを包囲しているだけでは、竜王子の手柄は消えない……玉座を取ったあと、自らの手柄を誇示されては帝国の名折れというものだろう！　僕は仕掛けるぞ！　総攻撃だ！」

「お見事！　先鋒は私に！」

「いえ！　私に！」

ヘンリックの言葉に半数以上の将軍が賛同し、先鋒争いを始めた。

残る将軍も不安はありつつも、積極的な反対はしなかった。

ヘンリックが言う通り、ウィリアムの功績を消すためにはこの場で仕掛けるしかないからだ。

長期の包囲でレオナルトを倒したところで、そこに持ち込んだウィリアムが第一功となってしまう。それを阻止するならば直接レオナルトを倒すしかない。

ここでヘンリックに抗議したところで、聞き入れてもらえないだろうという諦めもあった。

一度、攻撃を仕掛けて迎撃されれば判断も変わるだろうと思い、結局はすべての将軍が不安を拭い去った。

そしてしばらく先鋒争いが続き、ヘンリックがそれを裁定した。

「先鋒はルーマン将軍に任せる！」

「ありがたく！」

「よし！　兵士たちに酒と食べ物を振る舞え！　明日は存分に働いてもらうぞ！」

「殿下、全軍にですか？」

「もちろんだ！　区別は許さない！　平等に扱え！」

「しかし……見張りの部隊もおります」

「不満が出たらどうするんだ？　士気にかかわるぞ？」

「不平の前に不安が生じます。どうかご明察ください」

「そこまで言うならいいだろう。見張り部隊は食事だけに留めろ」

ヘンリックがそう言うと将軍たちは頭を下げた。

忠言を受け入れ、兵士のことも忘れない。

ヘンリックは自らが好判断を下しているという自負があった。

周りをよく見て、動けている。

ウィリアムを排除したのにも理由があり、これからの攻撃にも理由がある。

「どうだろう？　ギード。僕は総大将をやれているか？」

「ご立派ですよ。一兵士にまで気配りができる総大将などそうはいないでしょう」

横に控えるギードの言葉を聞き、ヘンリックは自信を深める。

自分には武勇に秀でたアードラーの血が流れており、今、その血の素質を開花させている。

レオナルトにだって負けていない。

「いよいよレオナルトと決戦ですね。僕も前に出てもいいですか？」

「ふっ、あまり無理をするなよ？　お前に何かあればホルツヴァート公爵に申し開きができない」

「気をつけましょう」

笑い合いながら二人は明日について話を弾ませるのであった。

■■■

一方、城ではレオに報告が入っていた。

「敵の援軍総大将はヘンリック皇子です」

「そのようだ」

グライスナー侯爵から報告を聞きながら、レオは敵陣を見つめていた。

そこから立ちのぼるのは炊事の煙。

それ自体は珍しいことではない。

ただ、レオはその変化をしっかり感じ取っていた。

「どう見る？　グライスナー侯爵」

「はい……？　私には飯の支度をしているとしか……」

「多すぎるんだよ。対陣してからこんなに多くなったことはない。兵糧に限りがある以上、日によって量が一気に増えるなんてことはほぼない。士気高揚のために全軍に振る舞うなんてことをしないかぎりは」

「っっ!?　では、敵は攻撃に出ると!?」

「ヘンリックのことだ。ウィリアム王子の手柄にしたくないんだろうね。もう反乱に勝った気でいるあたり、性格が出ている」

勝負は最後の瞬間までわからない。

手柄のことを話すということは、終わったあとのことを考えるということだ。

悪いことではない。しかし、数万の兵を率いる指揮官がそれに頭の中を占められては勝てる戦も勝てない。

そういうことができるのはよほどの天才だけだ。

「騎馬隊を後方の門から出撃させる。静かに、音を立てずに動くんだ」

「機先を制すということですな。かしこまりました」

「カトリナたち竜騎士は上空で待機。何かあれば知らせるように厳命しておいてくれ」

「はっ！　支城にいるヴィンフリート殿たちには知らせますか？」

「察知される危険は冒したくない。ヴィンならこちらの動きを見て合わせられる。いつも通りを心掛けてくれ」

「はっ！　慎重に手配します」

そう言ってグライスナー侯爵は一礼してその場を去る。

そんなグライスナー侯爵と入れ替わる形で、レオの肩に乗る熊の姿があった。

「仕掛けるのか？」

「うん、君にも手伝ってもらうよ？　ジーク」

「やっと攻められるのか。守ってばかりで肩が凝って仕方なかったんだ」

「揉んであげようか？」

「男じゃ駄目だ。やっぱり美女の柔らかい手じゃないと気持ちよくない」

「ははは、それならさっさと帝都に戻らないとね。戦場じゃなかなか美女にお目にかかれないし」

そう言ってレオは笑いながら敵陣に目を向けるのだった。

■■■

その頃、援軍として前線近くの貴族領から総勢五千の軍を率いたシャルも敵陣が見える位置に来ていた。

「食事の煙が多いという報告ですが、いかがいたしますか？」

「私も見てきたわ。いくら何でも多すぎる。明日は何か動きがあるかもしれないから、厳戒態勢で待機を」

偵察に出たネルベ・リッターの隊員の報告を受け、シャルも自らの目で敵陣を見てきた。

全軍に食事が振る舞われ、遠目にも騒いでいるのがわかった。酒も出ているのだろう。

そういうことをあえてするのは士気高揚のため。

大抵は攻撃を開始する前だ。

　そのため、シャルは全軍に待機を命じた。

　何か起きたときにすぐに動けるように。

「私なら本陣を狙うところですが」

「私だってそうするわ。けど、私たちは援軍。動くのはレオナルト皇子よ。レオナルト皇子の出方を見て、それに合わせるわ」

「動かない場合は膠着状態となりますが？」

「私たちは精鋭じゃないわ。ネルベ・リッターならどうとでもできるかもしれないけれど、所詮は寄せ集めよ。五千で突っ込んでも敵を撤退させられない。膠着状態になるなら、北部諸侯連合軍の本隊を待つわ」

「なるほど、迂闊でした。お許しを」

「いいのよ。レオナルト皇子が耐えきれない状況なら、本陣を奇襲するかもしれない。そのときはあなたたちに任せるわ」

「お任せを。あの程度の防陣、あくびをしながらでも突破できます」

　ラースの言葉にシャルは苦笑しながら、レオナルトが出陣した場合の動きを考え始めたのだった。

5

明朝。

ギードは寒さを感じながら天幕を出た。

「おはようございます。ギード様」

「ふっ……僕としたことが、逸る気持ちを抑えきれなかったらしい」

自らに酔ったような口調で呟きながら、ギードは髪をかき上げる。

そして天幕の護衛につく兵士に命じた。

「馬を用意しろ。本陣に向かう」

「はっ！」

馬を待ちながらギードは城を見つめる。

見事に敵の反撃を打ち破り、城壁に上る自分を幻視しながら。

そんなギードを祝福するように、前線でも歓声らしきものが上がった。

「兵士たちも猛っているのか……この戦、勝ったな」

士気の高さは尋常ではない。

竜王子に敗北し、城に逃げることしかできなかったレオナルトの軍勢では太刀打ちできないだろう。

そんな予想をしているギードの耳に馬の足音が聞こえてきた。

しかし、それはあまりにも大きかった。

「な、なんだ……？」

「ご報告！　敵襲！　敵襲にございます!!」

「敵襲だと!?　敵は城にいるはず！」

「打って出てきたのです！　前線は容易く切り裂かれ、我が軍は混乱状態でございます！」

馬を引きつれた兵士は報告しながら、ギードの顔色を窺った。

完全な奇襲だった。

これを持ち直すには指揮官が前線に出るか、一度全軍を退かせるかしかない。

だが、ギードはそれらの指示を出さなかった。

「くそっ！　貸せ！」

「ギード様!?」

ギードは馬の手綱を奪うと、そこに跨る。

そして驚く兵士に告げた。

「死守だ！　死んでも通すな！　僕はヘンリック殿下の下へ行く！」

「それでは長く持ちません！」

「一分でも時間を稼ぐんだ！　できないなんて言わせないぞ！」

そのままギードは馬を走らせて本陣に向かってしまった。

この場の指揮官がいなくなった。

大した指示も出さず。

兵士は顔を歪めるが、馬の足音は次第に大きくなっていく。

敵の奇襲部隊はもうすぐそこまで来ていた。

「くそっ！」

兵士は槍（やり）を持って馬の足音に向かって走っていく。

すると、先頭を走る若い騎士が見えた。

その騎士に向かって兵士は槍を突き出す。

「やぁぁぁぁぁぁ!!」

しかし、その槍は半ばで切り落とされた。

目にもとまらぬ剣捌（さば）きだった。

死を覚悟して、兵士は目を瞑（つぶ）る。

だが、追撃はなかった。

「命を粗末にするな。抵抗しないならば誰も手は出さない」

「……え？」

「雑魚に構うな！　狙うは敵本陣！　このレオナルトに命を預けられる者だけついてこい!!」

号令をかけながら若い騎士、レオナルトは兵士の横を通り過ぎて行った。

そのまま多くの騎馬が兵士の横を通っていく。

自分が襲った相手が敵軍の総大将だと知り、兵士は負けを確信した。

敵を前にして逃げる指揮官がいるこちらの軍が勝てるわけがないと。

■■■

「ヘンリック殿下！」

「ギード！　奇襲だ！　レオナルトが卑怯にも奇襲を仕掛けてきたぞ！」

「はい！　報告を受けました！」

本陣の天幕。

狼狽するヘンリックに対してギードは跪く。

そして真っ先に提案した。

「敵の狙いは殿下です。ここは一度、本陣を下げてはいかがでしょう？」

「ふざけるな！　そんなことをすれば全軍が崩壊する！　殿下！　本陣を押し出して、敵に反撃を加えましょう！」

傍に控える将軍はギードの提案に激怒した。

本陣だけを下げるなど、総大将が逃げ出すに等しい。そんなことになればどんな兵士でも戦わない。

しかし。

「ギードの言う通りだ……レオナルトが僕を狙ってくる……下がるぞ！」

「さすが殿下です！」

「ヘンリック殿下！　それならば全軍に退却をお命じください！　本陣だけ下がるなどあってはなりません！」

「全軍で下がったら誰がレオナルトの足止めをするんだ⁉　僕は総大将だぞ⁉　僕が討たれたら終わりなんだ！」

「全軍が崩壊しますぞ⁉　ここで本陣だけ下がれば、我が陣営が一気に不利となります！　大戦犯として後世に名を残すおつもりですか⁉　ゴードン殿下の弟君でも命はありませんぞ⁉」

「そ、そんな……」

「ヘンリック殿下！　問題ありません！　すべては後方に下がったウィリアムのせいなのです！　奴がここにいればこんなことにはならなかった！」

自分たちが後方に下がるように仕向けたのにもかかわらず、ギードはそんな暴論を振りかざした。

しかし、ヘンリックにはその暴論が正しく思えた。

すべてウィリアムのせいにすればいい。

そうすれば逃げてもいい。

体を震わせながら、ヘンリックは何度も頷く。

レオナルトをライバル視し続けたのは、レオナルトのことを評価してしまう自分を恐れていたからだ。

ヘンリックはよく知っていた。レオナルトという人物の能力の高さを。

武芸にしろ、勉強にしろ。

レオナルトは常に上を見続けていた。

そんなレオナルトのことだ。先陣を切ってくるに違いない。その剣が自分の首を落とすシーンが鮮明に浮かぶ。

「殿下！　ご自分に負けてはなりません！　見てください！　各将軍があちこちで抗戦中です！　敵は奇襲部隊ゆえ、そこまでの数ではありません！　本陣を前に出し、連絡を密にして耐え抜きましょう！　防ぎきれば英雄ですぞ！」

「英雄……そうだ……僕は……」

臆病風に吹かれ始めたヘンリックだったが、ここに来た理由を思い出した。

コンラートのため、そして自らの名を上げるためにここに来たのだ。

そんなヘンリックを見て、ギードは頬をひきつらせた。

ヘンリックが逃げてくれなければ自分が逃げられないからだ。

しかし、立ち直りかけたヘンリックをどん底に落とす音が戦場に響き始めた。

それは低い角笛の音だった。

「な、なんだ!?」

「角笛……まさか……」

「軍は角笛を使いません！　北部貴族です！」

そうギードが悲鳴のように告げたとき。

角笛の音の聞こえる方角に大きな雷（いかずち）が落ちたのだった。

■■■

《天空を駆ける雷よ・荒ぶる姿を大地に示せ・輝く閃光（せんこう）・集いて一条となれ・大地を焦がし照らし尽くさんがために――サンダー・フォール》

五節の雷魔法。

馬上で詠唱を終えたシャルは右手を振り下ろした。

それと同時に空から巨大な雷が敵軍に降り注いだ。

乱れた敵軍を突破し、シャルたちは敵軍の本陣を目指す。

そんなシャルたちを見て、ただでさえ混乱していた敵軍の兵士は恐怖で悲鳴を上げながら逃げ惑った。

「雷神だ……！　雷神が現れたぞ！」

「ローエンシュタイン公爵だ！」

確認などしていない。

ただ強力な雷魔法を見ただけのことだが、それだけで敵軍の兵士はローエンシュタイン公爵と繋（つな）げてしまった。

その声は敵軍全体に広がっていく。

「上手(うま)くいきましたな」

「まだよ。混乱しているうちに敵本陣を討たないと」

「報告！　敵本陣が下がり始めました！」

「なに？」

部下の報告にラースが眉をひそめた。

全軍撤退の動きはない。

その報告が本当ならば本陣だけが下がったということになる。

まさかという考えがラースの頭に浮かぶ。しかし、そんなことをする指揮官がいるだろうかという疑問がそれを口にすることを躊躇(ためら)わせた。

しかし、軍人ではないシャルはラースのように躊躇わなかった。

「本陣は撤退しているわ！　自分たちを見捨てた指揮官のために戦うつもり⁉　抵抗しなければ命は奪わない！　道を空けなさい！」

シャルは声をあげながら敵の戦意を削(そ)ぐ。

本陣の軍旗が下がっていくのを見て、兵士たちの気力は萎えてしまう。

当然だ。迫る敵を食い止めようとしても援軍はなく、使いつぶされるだけなのだから。

ただの時間稼ぎに命を燃やす者はいない。そこまでの忠義をヘンリックが獲得していないからだ。

「全軍前進！　敵本陣を追うわ！」

対峙する部隊が完全に抵抗をやめたのを見て、シャルはそう号令をかけた。

そんなシャルの前にラースが馬を進めた。

「少しお下がりを。伏兵がいるやもしれません」

「いたなら蹴散らすだけよ！」

「まったく……」

シャルはラースの忠告を聞かず、馬を走らせる。

その姿にため息を吐きながら、シャルの周りに部下を配置する。

そのままシャルたちは敵の横腹を食い破り、敵本陣に迫ったのだった。

6

戦場は混乱していた。

城を包囲していたヘンリック軍の数は二万二千。

そこに奇襲を仕掛けたのはレオナルト率いる五千の騎馬隊。

前夜に酒を飲み、自分たちが攻め入る側だと信じて疑っていなかったヘンリック軍は、その奇襲にまったく対応できていなかった。

前線は容易く崩壊し、組織的抵抗がほとんどできていなかった。

加えてヘンリック軍の右翼側からシャルロッテ率いる五千の貴族軍が突入してきた。

雷魔法による範囲攻撃を食らい、ローエンシュタイン公爵が現れたと勘違いした兵士たちは恐慌状態に陥ってしまった。

そこに拍車をかけるように、本陣のみの撤退。

各所で立て直しを図っていた将軍たちは、あまりの愚策に罵詈雑言を吐くしかなかった。

それでも彼らは部下を指揮して戦う。負ければ戦犯として命はないからだ。

わざわざウィリアムを排除したうえで負けるなど、あってはならないことだった。

そんな将軍のうち、左翼側にいた将軍たちは比較的混乱の少ない部隊をまとめあげ、中央突破を図るレオナルトの後背を突こうとしていた。

本陣が下がったことで、レオナルトたちもより奥に侵入する必要が出てきた。

そのため左翼から後背に回ることができるようになっていたのだ。

本陣が下がった状況を現場の将軍が利用しただけであり、作戦でも何でもない。

しかし、敵の状況など知らないシャルたちからすれば、それは作戦に思えた。

「中央を突破するレオナルト殿下の部隊が危険です！」

「本陣を下げて、殿下を深く引き入れたか！」

ラースは本陣の後退を敵の作戦とみた。

実際、そういう戦術がないわけでもない。

綺麗に決まれば、奇襲部隊は包囲されて終わるだろう。

しかし、シャルはそんなラースに告げた。

「現場の判断よ。作戦ならもっと上手くやってるわ」

「しかし……」

「それに備えもしてあるみたい。私たちはこのまま本陣を追うわ」

シャルは空を見上げながら呟く。

レオの部隊の後ろに回り込もうとした敵左翼部隊。

そこに竜騎士たちが襲い掛かっていた。

空から見れば敵の動きは一目瞭然。

それを許すほどグライスナー侯爵家の竜騎士たちは甘くはなかった。

そしてもう一つ。

その行動を阻止する部隊がいた。

■■■

「やれやれ……戦場で察しろというのはさすがに無茶ぶりだと思うんだがな」

「ヴィンフリート様を信頼しているのでしょう」

馬に乗りながらため息を吐くヴィンに対して、リンフィアはそうフォローした。

支城を任されていたヴィンは、レオが出撃したのを察知すると精鋭一千を率いて出撃した。

少し遅れたのは準備にてこずったわけではなく、レオがいない間に城に向かう敵やレオの後方に向かう敵を討つためだった。

案の定、敵の左翼はレオの後ろに回り込もうとしていた。

「本陣撤退は作戦でしょうか？」

「どうだかな。ヘンリックは皇子の中じゃ凡庸だが、仮にもアードラーだ。この程度の芸当はできても不思議じゃないな。冷静ならだが」

「冷静ではないと？」

「初陣を終えたといっても、戦場なんてほとんど知らない皇子だぞ？　攻撃する気だったのに、いきなり奇襲を食らってる。しかもレオが先陣だ。命を狙われているということに気づいてしまったら、怖気(おじけ)づくだろうさ」

「では、これは現場の判断ですか。敵にもそれなりの将軍がいるようですね」

「どこまでいってもそれなり止まりだけどな。賢い将軍なら竜王子に頼り切りのゴードンにはつかんし、ヘンリックに指揮権なんて渡さない」

竜騎士たちの攻撃を受け、動きを止めている左翼部隊。ヴィンは弓による追い打ちを命じた。

一千で突撃しても乱戦になるだけ。

空に注意が向いている部隊に対して、さらに矢による混乱を与える。

それだけで十分だった。

「うわぁぁ⁉︎⁉︎　矢だ！　矢だぞ！」

「くそっ！　竜騎士にも注意しろ！」

ヴィンは空を縦横無尽に駆け回る竜騎士たちを見つめた。

その竜騎士たちの中に白い飛竜はいない。

「レオめ……本陣が下がると読んでたな？」

「ヴィンフリート様。敵が城へ向かっています」

「少数だ。城は落とせん。備えもしてあるみたいだしな」

ヴィンは城を一瞥し、すぐに目を離した。


城壁の上。

低空飛行をする第六近衛騎士隊がいた。

魔導杖による集中砲火により、彼らは城に迫る部隊を撃退していく。

あれだけ火力を集中されては、少数の部隊では城に近づくこともできない。

かといって意思決定をする本陣は下がっている。各部隊がそれぞれ対応するしかなく、そうなるとまとまりがない。

散発的な攻撃では状況を変えることはできない。

「このまま嫌がらせを続けるぞ。リンフィア、百人やる。将軍を討ちとってこい」

「十人で十分です。目立ちたくないので」

「それは助かるな」

肩を竦めながらヴィンは、部隊に進路を指示する。

立ち直りかけている部隊に対して攻撃を仕掛け、できるだけ混乱を長引かせるつもりだからだ。

そんなヴィンの部隊からリンフィアは離れて、敵陣に切り込んでいく。

混乱し、逃げ惑う兵士たちの中を縫うようにして駆け、指示を出している指揮官を切っていく。そうしていればそのうち将軍にたどり着くからだ。

大勢はもはや決しようとしていた。

■■■

竜騎士たちは最初からレオナルトの指示で、空から戦場を見つめていた。

敵に動きがあれば、その動きを妨害せよという指示だった。

しかし、違う指示を受けた竜騎士が一人いた。

そんなこととは知らず、撤退する敵本陣は山中に入っていた。

このまま山中を抜け、後方にある街まで退くとヘンリックは決めていた。

ヘンリックはよくレオナルトのことを知っていた。やると決めたらとことんやるのがレオナルトという男だ。

中途半端な攻撃は決してしない。

本陣を狙う以上、あらゆる手を使って狙ってくるだろう。

自らの安全を確保するため、必死にヘンリックは頭を回転させていた。

山中を迂回せずに突入したのは、レオナルトの部隊が騎馬隊だからだ。

平地ではない場所では騎馬の威力は大きく下がる。

また、待ち伏せをするのに山中はうってつけの場所でもある。

待ち伏せを警戒し、追撃の手を緩めることも考えられた。

兵の数はヘンリック軍のほうが上であり、混乱はいつまでも続かない。

現場の将軍が持ち直し、組織として動けるようになればレオナルトは退かざるをえない。

それまで逃げるというのがヘンリックの考えだった。

それは間違った考えではなかった。事実、レオナルトはそれをできるだけ遅くするために、竜騎士隊を空に配置し、ヴィンは混乱に拍車をかけようとしていた。

だが、レオナルトが打った手はそれだけではなかった。

混乱を長引かせると同時に、すべてを素早く終わらせる一手も打っていた。

「はぁはぁ!!　走れ！　とにかく走れ！」

自分の護衛たちを急かしながらヘンリックは山道を走る。

ギードとはすでにはぐれていたが、ヘンリックにとってそれは大事なことではなかった。

大事なのは自分の命。

だからヘンリックは傍を走る護衛が、空からの雷撃に撃ち抜かれたのを見ても走り続けた。

わかっていたからだ。

最強の切り札をレオナルトが使って、自分を狙いに来たのだと。

「白い竜騎士だぁぁ!!!!」

「迎撃！　迎撃しろ！」

「無理だ！　こいつ!?　木の間を縫いながら！　うわぁぁぁ!!」

空から舞い降りたのはフィンだった。

木を避けながら、フィンはヘンリックの本陣に襲い掛かった。

逃げることに夢中だったヘンリックの本陣は、その攻撃を防ぐことはできなかった。

7

本陣が下がった場合、追撃しろと命令を受けていたフィンは敵本陣の中で最も護衛の厚い部分に襲撃を仕掛けた。

護衛の大部分は兵士。

しかし、フィンはその存在を感じ取っていた。

「ノーヴァ！」

ヘンリックの姿を捉えながら、フィンはノーヴァの手綱を引いて空に上がった。

今までフィンがいた場所に一瞬遅れて、ナイフが飛んできた。

ヘンリックの護衛についていた暗殺者たちだ。

ザンドラの陣営の三割ほどをヘンリックは受け継いだ。その中には暗殺者たちもいたのだ。

そんな暗殺者たちを率いるのはザンドラの側近だった暗殺者、ギュンターだった。

帝都での反乱時、セバスにやられたギュンターだったが、手当を受けて帝都を逃げ出すことに成功していた。

そしてヘンリックの下にはせ参じたのだ。

「殿下、お逃げを」

「ギュンター！　任せたぞ！」

ヘンリックは安堵の表情を浮かべながら、他の護衛と共に走り去る。

それを追おうとフィンが追撃をかけるが、ヘンリックに迫った瞬間。

後ろから魔法でできたナイフが飛んできた。

それをギリギリで避けたフィンは、ヘンリックの後を追うことを諦めた。

ほかの暗殺者ならいざ知らず、この男に背を向ければ死ぬと判断したからだ。

空に逃れ、再度追撃をかけることもできる。しかし、それでは先ほどの繰り返し。

「どうした？　空に逃げないのか？」

「追撃をかけているのは俺だけじゃない……俺は……あなたの足を止める」

「足を止めさせているのはこちらのほうだ。お前ほど厄介な相手はいないからな。白い竜騎士」

空を自在に飛び、遠距離からの攻撃もできる。

好き放題に動かれては撤退などできない。

どうにかして足を止めたいところだが、フィンとノーヴァを無理やり止められる相手などゴードン陣営にほとんどいなかった。

できることは注意を引き、向こうが止まるように仕向けるだけ。

その作戦は成功した。

あとは時間を稼ぐのみ。

「行くぞ！」

ギュンターはいくつものナイフをフィンに投げつけた。

フィンは横に避けるが、その進路上にもナイフが飛んでくる。

それをフィンは魔導杖で弾き、雷撃を放った。

しかし、ギュンターは軽やかな身のこなしで木に飛び乗ると姿を消した。

姿は見えない。しかし、確実にいる。

「ノーヴァ。任せたよ」

「キュー！」

竜騎士として超一流のフィンだが、地上での戦いにおいてはその技量はあまり役に立たない。

普通の兵士よりは十分強い。魔導杖を使える以上、高速で動く魔導師と変わりないからだ。

しかし、相手が強者となると難しい戦いを強いられてしまう。

魔導杖が放つ魔法は強力ではあるが、珍しいわけじゃない。

ギュンターも何度か魔導師と戦ったことがある。それらと比べても威力自体は大差なかった。

厄介なのはフィンの速射性。

しかし、姿を消せばその利を消せる。

不意打ちは暗殺者の得意分野。

自分の得意分野に引き込んだギュンターは、フィンの死角からナイフを投擲した。

投じたのは二本。一本は実体のあるナイフ。もう一本はその真後ろに隠れた魔法のナイフ。

咄嗟に弾いても二本目が突き刺さる。

ギュンターの得意戦法だった。

しかし、フィンは振り向くことなくそれを避けた。

正確にはフィンが避けたのではなく、ノーヴァが避けたのだ。

一瞬でその場を飛び立ち、反転する。

人から隠れることはできるし、不意もつける。

しかし、相手が飛竜となれば経験のないことだった。

ギュンターは驚き、目を見開くが、そんなギュンターにフィンは雷撃を連射する。

咄嗟に木から飛び降りたギュンターだが、空中で雷撃を右肩に食らってしまう。

「ぐぅ!!」

痛みによって一瞬、動きが鈍る。

そこを逃すフィンではない。

ノーヴァを加速させて突進してきた。

ノーヴァの鋭い爪がギュンターに迫る。

何とかそれを回避したギュンターだが、ノーヴァの突進からは逃れられない。

思いっきり弾き飛ばされて地面に叩きつけられたギュンターは、その場を動くことができなくなった。

だが、ギュンターの顔には笑みが広がっていた。

「何がおかしい？」

「おかしいさ……ここまで計画通りに行くとはな……」

「計画通り？」

「ヘンリック殿下が勝てるだなんて……俺たちは考えていなかった……所詮は借り物の配下たち……誰もヘンリック殿下のためには死なん……だから逃走プランを練っていたのさ……」

ギュンターがそう言った瞬間。

周りに控えていた暗殺者がギュンターの傍に現れる。

それと同時にギュンターとフィンの間に炎の壁ができた。

「くっ！」

フィンはその炎の壁を見て、慌てて距離を取った。

それ自体は大したことではないが、ここは山中。

炎魔法を使えばすぐに燃え広がる。

だが、すぐにフィンは異常事態に気づいた。

火が上がっているのはここだけではなかったからだ。

「まさか⁉」

「早く味方に知らせに行け……火の手が回るぞ……？」

「正気か⁉　脱出できなくなるぞ⁉」

フィンはいつでも空に逃げられるが、ギュンターたちは地上を進むしかない。

火の回り方次第では命はないだろう。

だが、ギュンターは嗤う。

「命などとうに捨てている……主君だけが先に逝ったのだ。後を追うのに迷いはない……！」

「くそっ！」

その目は冗談など言っていなかった。

ブラフではない。

自分たちが逃げられなくなっても、ここで追撃を阻むつもりなのだ。

それを察したフィンはすぐに戦いを放棄した。

すでにレオの部隊は山に入っている。

早く撤退しなければ山火事に飲み込まれる。しかも敵軍の大部分はまだ残っている。

ヘンリックを追うこともできるが、ヘンリックを討ったところで戦いは終わらない。

しかしレオがやられれば戦いが終わる。

フィンはレオたちのために空へ上がったのだった。

それを見送ったギュンターは、部下の暗殺者と共に山を下りる準備を始めた。

状況次第では命はない。だが、まだまだヘンリックには助けが必要だった。

ザンドラが死んだ今、ギュンターが仕えるべきはヘンリックのみ。

「行くぞ……ここで阻んだところで追撃は続く……」

痛む体を引きずりながらギュンターは撤退を開始したのだった。

山に入っていたレオの部隊は迅速に撤退し、態勢を立て直して山を迂回するルートを選択した。

その頃にはもうヘンリック軍は各将軍たちがそれぞれ部隊を率いて、撤退に入っていた。

留まれば攻撃に晒される以上、その判断は当たり前だった。

逃亡する兵も増えており、留まったところで戦えないというのもあった。

こうして城の前からヘンリック軍はいなくなったのだった。

8

ヘンリックの本陣は逃げ続け、ラーゲという小さな街に入っていた。

そこに逃げ込んだとき、ヘンリックの本陣は五百人以下となっており、疲弊して戦えるような状況ではなかった。

そんなヘンリックをレオは正確に捉えていた。

「上空から見た限り、敵は五百人以下。疲弊して座り込んでいます」

「そうか……」

ラーゲの街の近くでレオは五千の追撃部隊を待機させていた。

レオの号令があればいつでも攻め入ることができる。

しかし、レオは動かなかった。

「殿下……攻め入る好機かと思いますが……」

山火事によって後れを取ったが、レオはラーゲに逃げ込むことを読み、最短距離を走ってきた。それゆえにここまで距離を詰めることができたのだ。

敵軍は散り散りに撤退している。本陣に合流する動きも見えない。

狙われているのが本陣だからだ。

自分たちを置いて真っ先に逃げた本陣を助けに来る将軍などいない。

どう考えても好機だった。

だが。

「静かすぎる」

「静か、ですか？　敵は疲弊していますし、そのせいでは？」

「けれど、街の人は違う。戦場になることが目に見えているのに逃げる人はおろか、騒ぐ人もいない。空から街の人は見えたかい？」

「たしかに……もう一度見てきます」

「そうしてくれ」

フィンに頼みながらレオは軍を二つに分けて、街の東西に配置した。

馬の移動音は大きい。

普通の民なら恐怖で悲鳴くらいはあげるだろう。

だが、街に異変はない。

「何もなしか……」

レオは馬上で考え込む。

そこにフィンが戻ってきた。

「どうだった？」

「民の姿は見えません。軍の移動にも反応はありませんでした」

「そうか。全軍に通達。撤退だ」

「撤退されるのですか……？」

「わざわざ危険を冒すほどヘンリックに価値はないからね。おそらく民家に潜んでいるのは民ではなく、兵士たちだ。ウィリアム王子が用意していた部隊だろうね」

ふぅと息を吐き、レオは肩を落とす。

簡単にはいかない相手だとは思っていたが、予想以上だった。

撤退した時点で最悪を想定して、部隊を配置していたに違いない。

戦場におらずとも戦局に影響を与えるのはさすがと言うしかなかった。

ここで無理にヘンリックを狙いに行けば、手痛い反撃を食らうのは目に見えていた。

「すでに勝利は確定している。あえてその勝利を汚すことはないさ。綺麗なまま終わろう」

「かしこまりました」

「……」

レオはしばし考え込んだあと、部隊にいる魔導師を呼んだ。

そしてその魔導師に拡声の魔法を使わせて、街に向けて顔を向ける。

「街に潜む部隊の指揮官へ。僕はレオナルト。見事な伏兵だ。ウィリアム王子に流石と伝えておいてほしい。そしてヘンリック。命が惜しいならウィリアム王子を頼ることだ。彼は状況をよくわかっている」

それだけ伝えるとレオは部隊と共に撤退を開始した。

そんなレオの横。

低空で飛行しながらフィンが疑問を口にした。

「なぜ助言をしたのですか？　弟君だからですか？」

「甘いと思うかい？」

「弟君というだけの理由でしたら、甘いと言われても仕方ないかと。相手は反乱者です」

「そうだね。まぁ弟だからというのもあるよ。けど、それだけじゃない」

「問題なければお考えを聞かせていただけますか？」

「簡単だよ。ゴードンはヘンリックを殺そうとする。見せしめに、ね。けど、ウィリアム王子はそれを止める。今の状況で弟を殺すのはまずい。ヘンリックが失態を犯したとはいえ、止められなかった将軍にも非はある。弟を殺すなら自分も殺される。そう思われても仕方ない。それをウィリアム王子は見過ごさない。助けを求められたなら尚更ね」

「なるほど。しかし、敵を助けているように思えますが？」

「ヘンリックが生き残ってくれればまた失態を演じてくれるかもしれない。それにね、ヘンリックを助けることでウィリアム王子はゴードンと対立する。有効な手だと思わないかい？」

ウィリアムの危険性はレオが一番よく知っている。

ゴードンが全幅の信頼を寄せたうえで全軍を任せるような事態になれば、どれほど苦戦するかわかったものではない。

そのため、ゴードンにはウィリアムを警戒してもらわなければいけない。

連合王国が欲しいのは操れる旗印。ゴードンでは強すぎる。

ヘンリックを擁立して、傀儡としようとしていると考えてもおかしくない。

ウィリアム個人がそれを考えるかは別として、連合王国ならばそう考えてもおかしくない。

だからこそ、ゴードンはウィリアムを警戒する。

「殿下は武芸だけでなく、策謀にも長けているのですね」

「別に長けてないよ。真似しているだけだから……本物の策士の足元にも及ばないさ」

「ご謙遜を」

「謙遜じゃないよ。事実だ」

言いながらレオは苦笑する。

その本物の策士は今頃、せっせと裏工作に明け暮れているのだろうなと思ったからだ。

■■■

ラーゲの街に潜んでいたフィデッサー将軍は、伏兵に気づいたレオに舌を巻いた。

「さすがは英雄皇子というべきか……」

逃げる敵本陣。

ようやく追い詰めた以上、さっさと突撃したい局面だ。

その隙を突くために、民を移動させて部隊を待機させていた。すべてウィリアムの提案だ。

しかし、わずかな違和感からそれを見破られてしまった。

自分なら間違いなく突撃する場面。

「かなわんな……」

呟き（つぶや）ながらフィデッサーは民家を出た。

それでも敵は撤退し、ヘンリックを守ることはできた。

レオナルトが傑物ならウィリアムとて傑物。

戦場にいなくてもレオナルトを阻止してみせた。

将軍として認めざるをえない。器が違いすぎると。

「あの殿下もそれを認めてくれればいいのだがな」

言いながらフィデッサーは街の奥で震えるヘンリックの下を訪ねた。

布にくるまりながら、ヘンリックは蹲っていた。

「殿下。レオナルト軍は撤退しました。我々も本拠地に戻りましょう」

「い、嫌だ……ゴードン兄上が……僕を殺す……」

「大敗北ですからな。指揮官の首が飛ぶのは仕方ないかと」

「ぼ、ぼ、僕のせいじゃない！　ウィリアムが撤退したからだ！」

「お忘れですか？　そう仕向けたのは殿下です」

「みんな賛成したじゃないか！」

「それでも殿下が指揮官だったのです。レオナルトは最後に助言を残しました。死にたくないならばウィリアム王子を頼れということです。どうするかは殿下にお任せします」

そう言ってフィデッサーはその場を去る。

そんな中、騎馬隊がラーゲの街に入っていた。

その先頭にいたのはギードだった。

「殿下！　殿下！　ギードが参りました！」

ギードは慌てた様子でヘンリックの下へと向かおうとする。

だが、その肩をフィデッサーが摑んだ。

「なんだ!?　無礼だぞ!?　僕を誰だと思っている!?」

「殿下の側近であるホルツヴァート公爵家のご長男では？」

「わかっているなら手を離せ！」

「一つ質問があります。今までどちらへ？」

「お前に言う必要があるのか⁉」

「言葉にお気をつけられよ。今、まさにレオナルト軍と一戦交えようとしており、気が立っております。今までどちらに？」

フィデッサーの鋭い目を見て、ギードは小さく悲鳴を吐く。

ギードの周りにいた兵士も、フィデッサーの部下たちに睨まれて動けずにいる。

仕方なく、ギードは答えた。

「で、殿下とはぐれ、敵の包囲を潜り抜けてきたんだ！」

「ほう？　包囲を潜り抜けてきたと？　それにしては綺麗な鎧ですな？」

ギードの鎧には傷ひとつついていなかった。

ヘンリックの鎧ですら小さな傷が無数についているのに、だ。

フィデッサーは怒りに満ちた目でギードを睨む。

「逃げたヘンリック殿下を擁護する気などないが、その殿下を囮にして自ら安全圏へ逃れた者を許す気もない！　この撤退で何人の兵が死んだと思っている⁉　今頃やってきて得意顔をするのはやめてもらおう！」

「な、なんだと⁉　僕はホルツヴァート公爵家の長男だぞ！　侮辱は許さない！」

「許さないならどうする⁉　そもそもこっちのセリフだ！　殿下を諫めるべき側近がなぜ逃げ

た⁉　一体、何しに戦場に出てきた⁉　この無能者め‼」

「む、無能者だと⁉　ま、負けたのは将軍たちのせいだ！　僕のせいじゃない！」

「本陣が先に退いたのだ！　何の指示もなく！　現場の将軍に何ができる⁉　その時どこで何をしていた⁉　殿下の護衛によれば、撤退を進言したのはホルツヴァート公爵家の長男だという話だが⁉」

「ぼ、僕は……うわぁぁ⁉⁉　何をする⁉」

フィデッサーは怒りに任せてギードを地面に押さえつけた。

そしてそのままギードの腹部を蹴る。

「汚れていない鎧、怪我もしていない体。それで殿下の前に出れば、逃げた臆病者と勘違いされるやもしれません。それではホルツヴァート公爵家の名折れでしょう？　我々が激戦を抜けてきたように見せてあげます。やれ」

「うわぁぁぁぁ⁉⁉　やめっ！　痛い！　痛い‼」

フィデッサーは部下に命じて、ギードを袋叩きにした。

ギードの部下たちも同様にだ。

すぐにギードたちは土まみれになり、小さな傷も無数に負った。

「ううう……やめ……もう許して……」

「これで言い訳ができるでしょう。あなたは殿下とはぐれた後、激戦を突破したと」

「ううぅ……」

蹲っているギードを見て、殺してやりたい気分に駆られながらフィデッサーは自分を抑える。

この大敗戦の責任を取る者が必要だ。

一介の将軍ではなく、もっと高位の者。

ギードの責任はホルツヴァート公爵家の責任だ。

「監視しておけ。絶対に逃がすな。ウィリアム王子なら上手(うま)く使うはずだ」

「はっ！」

フィデッサーはそう指示を出しながら、撤退準備に入ったのだった。

9

帝剣城の隠し部屋。

そこに俺は転移した。

「調子はどうだ？　爺(じい)さん」

「儂(わし)に調子などあるものか。むしろこちらの台詞(せりふ)じゃな？　調子はどうじゃ？」

「ぼちぼちだな」

曾祖父であり、師でもある爺さんの部屋。

貴重な魔導具や魔導書で一杯だ。普通の魔導師なら見ただけで卒倒ものだろうな。

しかし、今回はそれが目当てじゃない。

「ちょっと質問がある」

「質問？　珍しいのぉ。帝都での反乱時ですら儂に頼らんかったのに」

「人目が多すぎたからな。あんたの存在がバレるし、そもそも帝都での反乱はだいたい予想がついた。知恵を借りる必要がなかったんだ」

「ほう？　では知恵を借りる事態に直面したか？」

「そうだな。まず聞いておきたいんだが……先天魔法の発動は特殊なのか？」

先天魔法についてはいまだにわかっていないことが多い。

そもそもなぜ使えるのか？

なぜ発現するのか？

そんなところすらわかっていない。

だが、俺の質問に爺さんはすぐに答えた。

「先天魔法とて魔法。発動自体は変わらん。無意識に使えているだけじゃ。あれも魔法じゃよ」

「そうか……なら安心だな」

「なぜそんな質問をしたのか聞かんでおこう。ほかに質問はないか？」

「帝位を勝ち抜いた先人として助言が欲しい。セバスから北部の情勢は聞いているか？」

「聞いておるよ。三男が北部に拠点を作り、北部貴族は中立だそうじゃな？」

「北部貴族をまとめることには成功した。あとは北部の拠点を潰すだけだ」

「なるほど。では何が聞きたい？」

「北部の戦況は膠着状態だった。こんな時、あんたなら何を考える?」

「簡単じゃな。皇帝の暗殺じゃ」

やっぱりか。

最も手っ取り早い後方かく乱。そして逆転の一手。

難易度が高すぎるというのが唯一の難点ではあるが。

「手練れによる暗殺か。ゴードンの母親は近衛騎士隊長に匹敵する剣士だ。さすがに父上も備えているだろうけど……」

「元妃なら皇帝の性格は理解しておるじゃろ。お前ならどうする?」

「……帝都の民に攻撃を仕掛け、陽動とする。父上は自分のお膝下での異変を見過ごさない」

「護衛が薄くなり、そこを突く気かもしれんのぉ。しかし、皇帝の周りには助言者がおるじゃろう。まんまと嵌められることはあるまい」

「そこは心配していない。暗殺が成功することはないだろうさ。問題なのは帝都の混乱だ」

反乱で帝都は混乱した。

俺が寝ている間に落ち着きは取り戻したが、まだいつもどおりというわけじゃない。

ここでさらに大きな混乱が起きれば、各地に影響を及ぼすことになる。

帝都は帝国の中心。物流の中継地点だ。

「北部の戦いが終わったあと、復興には人も物資も大量に必要となる。そのときに帝都が混乱状態では、北部に人も物資も送れない」

「戦場が近ければ家を捨てざるをえん。家をなくした者、職をなくした者、家族をなくした者。大勢出てくるじゃろう。たしかに帝都が混乱するのはまずいのぉ」

他人事といった感じで爺さんは告げる。

爺さんはすでに皇帝ではない。

悪魔に体を奪われたときも、すでに隠居状態だった。

だから皇帝としての責任はすでに手放している。

だが。

「帝都が混乱すればセバスに頼んでも、貴重な魔導書は手に入らないぞ？」

「なにぃ？　たしかにそうじゃな……」

ここにある魔導書は爺さんが封印される前に集めていた物と、セバスが探し出してきた物がある。

爺さんは常に魔導書を読んでいるから、すべて読破済み。その知識を使って魔法について研究しているわけだが、新しい本がいらないわけじゃない。

常に欲している。だから爺さんはセバスに新しい魔導書を頼むわけだ。それだけが生きがいと言ってもいい。

「それは困るのぉ……儂に何をしてほしいのじゃ？」

「シルバーとして帝都の混乱を最小限に抑えてほしい。俺は北部を離れられないからな」

「やれやれ……とうに儂は死んだ身。ここにいるのは偶然じゃ。偶然に頼るようではまだまだじゃの」

「今回だけだ。あとは自分でなんとかする」

「まぁいいじゃろ。帝位争いにそこまで関わることでもあるまい」

そう言って爺さんは俺の頼みを引き受けた。

爺さんが俺に古代魔法を教えたのは、自分を解放したお礼と俺の目的が母親を助けるためだったから。

帝位争いに勝つためじゃない。

今の世は今の世に生きる者たちが力を振るうべき。それが爺さんの考えだ。

知識は貸してくれても、あまり力は貸してくれない。

わかっているからこれまで頼らなかった。

だが。

「爺さん……今回の帝位争いはおかしい。そう思わないか？」

「儂が思うかどうかが大切か？　自分がどう思うかじゃろうて」

「……俺はおかしいと思っている。帝位が絡むと、人が変わる。それは理解できている。だが……今回は異常だ」

「ならばどうする？　帝位争いを中断させるか？」

「今更無理だ。もう……早く終わらせるしかない」

「やることは変わっておらんなら悩むな。しかし、備えはしておくことじゃ」

「わかってる。だから聞いてるんだ。爺さんは悪魔に体を乗っ取られた。古代魔法と共に悪魔を研究していたからだ」

「そうじゃな。だから悪魔の封印されている魔導書に手を出してしもうたのじゃ」

後悔しているという顔で爺さんはため息を吐く。

そもそも爺さんが古代魔法を研究し始めたのは、悪魔の研究を始めたからだ。

対抗手段として有効なのは古代魔法と判断し、それを研究し始めた。

結果的に対抗できなかったわけだが、その研究自体は無駄じゃない。

「五百年前、魔王は確かに勇者に討たれたのか？」

「それは間違いない。どの文献を調べても魔王は討たれておる。そもそもあの勇爵家の先祖じゃぞ？　逃がすわけがない」

「まぁ確かに……じゃあ、その配下はどうなんだ？」

魔王は多くの悪魔を引き連れて魔界から侵攻してきた。

爺さんの体を乗っ取った悪魔もその一人だ。

そしてどういう形であれ、生き残りがいた。

ほかにもいるかもしれない。

「重要な側近はことごとく勇者に討たれておる。執念深さは先祖譲りなんじゃろうな」

「じゃあ強力な悪魔の生き残りはいないのか？」

「そうじゃな。ただ……儂が怪しんでいる悪魔が一人おる」

「怪しんでいる？」

「悪魔、とりわけ魔王軍について調べると必ず名前しか出てこない大悪魔がおる。なぜ名前しか出てこないのか？　その悪魔が早々に魔王によって粛清されたからじゃ。勇者の危険性を説いて、撤退を進言したゆえに、の」

「そんな悪魔がいたのか？」

「確かにいた。魔王の参謀にして影の実力者。魔公爵ダンタリオン。勇者の手にかかっていない唯一の魔王の側近じゃ」

勇者が討ち漏らすわけがないという前提で話を進めるなら、勇者に討ちとられていない悪魔なら生きている可能性がある。

だが、魔王に粛清されたと伝わる悪魔が生き残っているというのも不思議な話だ。

魔王の力は絶大だったと聞く。勇者ですら聖剣がなければ勝てなかった。そういうレベルの相手だ。

「確証はあるのか？」

「全くない。しかしダンタリオンは存在した。魔王の側近がもしも生きているなら、ダンタリオンくらいじゃろう。まぁ、粛清されて命からがら生き延びたとするなら、無事ではないじゃろうがな」

「力を蓄え、今になって動き出した？」

「今になって動き出したのではない。もっと前から動き出しておる。もしもダンタリオンが生きており、何らかの野望を持っているならば……儂の体が乗っ取られたのも偶然ではないじゃろ」

そう言った爺さんの顔はいつになく真剣だった。

年寄りの考えすぎと言えなくもないが、帝位争いの異変を考えれば悪魔が関係していると思ったほうがしっくりくる。

実際、爺さんは特殊な形でここにいる。ダンタリオンだって似たような形で生き延びているかもしれない。

そしてもしもそうだとするなら、隠れ蓑(かくれみの)があるはず。

「爺さん、一応聞いておこう。悪魔が封印されていた魔導書はどうやって手に入れた？」

「魔奥公団(グリモワール)から手に入れた。つい最近見つかった魔導書と聞いてな」

「迂闊(うかつ)だったな」

「まったくじゃ」

呆(あき)れながら俺はため息を吐き、爺さんもため息を吐く。

魔奥公団ねぇ。

ここでも名前が出てくるか。

「徹底的に調べる必要があるみたいだな」

「手がかりはあるのか？」

「一応な」

ザンドラ姉上が残した日記には拠点の場所が書かれていた。

内乱が終わればそちらを優先したほうがいいかもな。

「じゃあ、帝都のことは頼んだ」

「もう行くのか？　新しい魔法の構成を考えてみたのじゃが……」

「帰ってきてからな。悪いが、弟が待ってるんだ」

そう言って俺は爺さんに手を振りながらその場を去ったのだった。

10

数日後。

グナーデの丘に一万二千の味方の騎士たちが集結した。

もっと待てばさらに数は増えるだろうが、これ以上は待てない。

「では出陣ということでよろしいか？　殿下」

ローエンシュタイン公爵が俺の天幕へ確認を取りに来た。

俺の存在は会議に参加した貴族と一部の騎士しか知らない。

ここで大々的に発表してもいいんだが、そうなるとレオとの合流を全力で阻止されてしまう。

今はまだ、北部貴族が動き始めたという程度に考えていてほしい。

「ああ。しばらく総大将として振る舞ってくれ、公爵」

「いいだろう。だが、決戦前には姿を現してもらうぞ？　士気にかかわる」

「俺が前に出たら士気が下がりそうだけどな」

「そこをなんとかするのが総大将というものだ」

手厳しい返しをされて、俺は肩を竦める。

そんなことを話していると、天幕にセバスが現れた。

「お話し中に失礼いたします。ご報告が」

「なんだ？」

「レオナルト様が打って出たようです」

「レオが？」

前線で動きがあったか。

シャルたちを向かわせたとはいえ、本隊が行くまで大きな動きはないと思っていたが……。

「竜王子と衝突したのか？」

ローエンシュタイン公爵の質問にセバスは首を横に振った。

「いえ、ウィリアム王子は前線を離れていたようです。包囲軍の指揮を執っていたのはヘンリック皇子だとか」

「ヘンリックが？　どういう状況だ？」

さすがに意味不明すぎる。

ウィリアムがいるから、レオは身動きが取れなかった。

それなのに抑えであるウィリアムが前線から下がり、代わりにヘンリックが軍の指揮を執るなんて。

打って出てくださいと言っているようなものだぞ。

「敵軍内のことゆえわかりませんが、敵軍の動きを見て、レオナルト様は五千を率いて奇襲。それに合わせてシャルロッテ様たちも攻撃を加えたようです。たまらず敵本陣は撤退し、全軍が敗走となったということです」

「本陣撤退か……ヘンリックらしいといえばヘンリックらしいな」

呟(つぶや)きながら俺は考え込む。

これでレオは自由に動ける。

こちらもわざわざ城に向かう必要がなくなった。

「公爵、敵軍はどう動く？」

「レオナルト皇子を封じ込めておけない以上、軍を一か所に集めて戦略の練り直ししかあるまい」

「ゴードンの性格的にレオとの決戦に持ち込もうとするだろう。ウィリアム王子もそれには反対しないはず」

問題はいつ、どこでやるのか。

レオが攻め込む場合もあるし、ゴードンが攻め込む場合もある。

それを予想して動かないと戦況を有利に運ぶことはできない。

「セバス、敵軍の戦力を探れ。ゴードンにしろ、ウィリアムにしろ、戦力的に劣っている状況をよしとはしないだろう」

「援軍を要請すると？」

「いや、援軍はもう要請しているはずだ。膠着状態を打破するために、な。しかし、状況が変わった。こちらも向こうも色々と戦略の変更をしなくてはいけない」

「しかし、ここからではいざというときに間に合わん。前線に軍を進めるのは必須だ」

公爵の言葉に頷く。

どう動くにせよ、前線に出ないことには話にならない。

「全軍を前線へ。積極的に交戦する素振りは見せるな。ゆっくりと、様子を見ながら進むんだ」

「敵の注意をこちらに向けないようにということか……シャルロッテが参戦している以上、援軍として注意を向けられると思うが？」

「結果的に注意を向けられるなら仕方ないが、積極的に注意は買いたくない。北部のためにも、な」

言わずとも俺が言いたいことを理解したのか、公爵は一つ頷いて天幕を出ていった。

レオの援軍に北部貴族が駆け付けるのと、北部貴族の援軍にレオが駆け付けるのでは印象が違う。

まぁこちらに注意を割くほど、敵に余裕があるとも思えないが。

「ゴードンはこれで苦しくなったな」

「どういう形であれ、負けは負けですからな」

「さて、ここからどうやって士気を保つつもりかな？　ヘンリックを斬れば全軍が恐怖に支配される。しかし、何もせずに許せば、撤退したことを容認したことになる」

ゴードンとウィリアムの腕の見せ所だ。

ヘンリックを斬るようなら調略を仕掛け、将軍たちを離反させることもできる。

しかし、ヘンリックを斬らずに士気を高めるなら小細工は通じない。

「お手並み拝見といくか」

そう俺が言うとセバスは一礼してその場を去る。

俺は北部の地図を見ながら、レオならどう動くか考え始めたのだった。

11

「ゴードンより早く私が着いて幸いだったな」

ウィリアムはそう言って項垂（うなだ）れるヘンリックに告げた。

ハーニッシュ将軍の軍を抑えていたゴードンは、ヘンリックの撤退を受けて本拠地であるヴィスマールへの帰路についていた。

あのままではレオナルトとハーニッシュに挟み撃ちされかねないからだ。

それだけヘンリックの撤退は全体に影響を与える出来事だった。

もうじき、ゴードンはヴィスマールに着くだろう。

罪人のようにヴィスマールに連れてこられたヘンリックは、そんなゴードンの帰りを待っていた。しかし、ゴードンが来た瞬間、それはヘンリックの終わりの瞬間でもある。

ただ、縋るようにヘンリックはウィリアムを見た。

そんなヘンリックを見て、ウィリアムはため息を吐いた。

ウィリアムは藩国における兵糧輸送問題に取り組んでいた。

藩国で暴れる義賊は二人。

朱月の騎士と呼ばれる弓使い。藩国の悪徳貴族に対して、前から義賊活動をしている。この義賊のせいで、藩国の貴族たちは思ったような動きが取れないでいた。

しかし、それだけで兵糧の輸送が遅れるわけがない。

もう一人。兵糧を狙い撃ちにする義賊がいた。

厄介なことにこの義賊は姿すら現さない。

わかっているのは凄腕の弓使いで、姿も見せずに輸送部隊を全滅させているということ。

この名もない弓使いの活躍によって、藩国の貴族は兵糧に関わることを嫌うようになった。

そのせいで連合王国は藩国経由での兵糧輸送に苦労していたのだ。

ウィリアムは藩国の貴族たちにわかりやすい脅しをかけて、義賊への対応と兵糧の運搬をスムーズにさせることを約束させた。

いずれウィリアムがやらなければいけなかったことだ。しかし、前線を離れればレオナルトが自由に動いてしまう。だからできなかった。

そしてそれは間違いではなかった。

ヘンリックの撤退を聞き、ウィリアムは急いでヴィスマールに戻ってきたのだ。

その戻りは少しだけゴードンより早かった。そしてウィリアムはゴードンがヘンリックに会う前に、ヘンリックと話すことができたのだ。

「……何か私に言うことがあるのではないか？　ヘンリック皇子」

「……度重なる不敬。申し訳……ありませんでした……」

「不敬など気にしない。私が聞きたいのは君の反省だ」

「……僕は……あなたに手柄を立てられたくなかった……それは大きな過ちでした……」

「それは過ちではない。私は他国の人間だ。ゴードンに与する皇族として、私を排除しようとするのは過ちではない。そういう選択肢もあるだろう。しかし、君には決定的に欠けていたものがあった。それが何かわかるか？」

「……経験でしょうか……」

恐る恐るといった様子でヘンリックは呟く。

それに対してウィリアムは静かに首を横に振った。

「自分を冷静に見る目だ。自分を冷静に見られれば、他者も冷静に見られる。他者を冷静に見られれば、状況も冷静に見られる。私を排除するという選択肢は過ちではないが、あの状況で私を排除すれば、レオナルトが攻め込んでくるのは目に見えていた。それでも君は私を排除した。自分を過大評価していたからだ。君は君が思うほど優れてはいない」

「そ、そんなことは……！」

「こうして敗北しても認められないのがその証拠だ。優れた者は失敗や敗北から学ぶ」

言葉を素直に受け取れないのは、心の中で認めていないから。

レオナルトに負けないという自負があったから、ヘンリックはウィリアムを排除した。もっと言えばレオナルトよりも優れていると自負していたから慎重にもならなかった。

根本的な問題はヘンリックの自己評価の高さだとウィリアムは見抜いていたのだ。

「僕は……僕は！」

「本陣のみの撤退は兵を見捨てることに等しい。兵士の逃亡が処罰される以上、総大将の逃亡も処罰される。君はゴードンに斬られるだろう」

「そんな……どうか助けてください！」

「助けるメリットを提示してみたらどうだ？」

「ぼ、僕は……皇族です！　連合王国から見れば扱いやすいはず！」

「大敗北の張本人だぞ？　扱いやすかろうが担ぎ出す気はない」

「そんな……僕は……僕は……」

「君には実績がない。力もない。経験も、技術も。誇れるのは血筋だけ。追い詰められたときに交渉材料がそれしかないということは、価値があるのは血筋だけということだ」

ウィリアムに現実を突き付けられ、ヘンリックは大きく肩を落とした。

必死にウィリアムへの反論を考えるが、思いつかない。

そしてようやく悟った。

ウィリアムの言う通りだと。

「僕は……皇族の出来損ないだ……」

「アードラーの一族は優秀だ。君にだって血は流れている。だが、君は学ぶ姿勢ができていなかった。自分の力を正確に把握できない者は強くなどなれない」

出来損ないというほどヘンリックは無能ではない。

ただ、比べる相手が悪すぎた。

必要以上の背伸びは害悪だ。

人には人の器がある。

それがわかったならいくらでも挽回はできる。

「命は助けよう。私の傍で学べ。命を落とした兵士たちのことを思うなら、今回の失態を無駄にするな」

「僕を……助けて何になるんですか……？」

「親友が弟を手にかけずに済む。それに……弟すら斬る総大将を信頼できるか？」

すべて私に任せろと告げてウィリアムは部屋を出たのだった。

■■■

それから少しして、ゴードンはヴィスマールに帰ってきた。

目指すのはヘンリックがいる部屋。

その手には抜き身の剣が握られていた。

「ヘンリック!! 言い残すことはあるかぁ!!」

部屋を蹴破るようにして入ってきたゴードンは、ヘンリックをそう恫喝した。

それに対してヘンリックは床に頭をこすりつけて謝罪を口にした。

「申し訳ありません……すべて……僕の責任です」

「その通りだ！　その首を差し出せ！　全軍への見せしめとしてやる！」

ゴードンは剣を振り上げる。

だが、その腕をウィリアムが摑んだ。

「やめろ、ゴードン」

「なぜ止める!?」

「今斬れば、将軍たちは粛清を恐れるようになる。斬ってはいけない」

「配下に号令もかけず、本陣のみが撤退したのだぞ!?　前線にいる兵士を置き去りにした総大将を罰せずにいたら、示しがつかん！」

「ヘンリック皇子は名ばかりの総大将！　脇を固める将軍たちがいた！　元々は私が総大将だった！　それを手柄争いで私を追い出したのは脇を固める将軍たちだ！　ヘンリック皇子を斬れば、彼らも斬ることになるぞ⁉」

「斬ってしまえばいい！　状況も読めぬ無能などいらん！」

「そんなことを言ってられる状況か⁉　これからレオナルトとの決戦が待っているんだぞ⁉　今は許し、挽回のチャンスを与えるべきだ！」

「どうしてそこまでヘンリックを庇う？　本国からの指示か⁉」

ゴードンとてウィリアムとの友情は疑わない。

しかし、ウィリアムの本国である連合王国には全幅の信頼を置いてはいなかった。

自分の代わりにヘンリックを担ぎ出そうとする。その程度は想定していた。

だが。

「お前以外を担ぎあげようとするなら、私が父を斬る！　お前がいるから私はここにいるんだ！　勘違いするな！　ヘンリック皇子を庇うのはお前とお前の軍のためだ！」

ウィリアムとゴードンの目ががっちりと合い、睨み合いが続く。

張り詰めた空気が部屋を支配し、傍にいた兵士たちが息苦しさを感じるほどだった。

永遠とも思える時間の中、ヘンリックはただ頭を下げ続ける。

ゴードンが剣を振り下ろせば、自分の首が飛ぶ。だが、もはやヘンリックにはウィリアムに任せるしかなかった。

そして。

「……お前は悔しくないのか？」

「私の悔しさはお前の勝利よりも価値があるのか？」

「……いいだろう。お前の言う通りにしよう。ヘンリックは斬らん！」

そう言ってゴードンは腕を下した。

そんなゴードンの腕から手を離す。

だが、問題は解決していない。

「挽回のチャンスを与えるのはいいが、この一件をすべて不問とするのか？」

「罰は必要だ。それはホルツヴァート公爵家に受けてもらおうと思うが……よろしいか？　公爵」

ウィリアムは部屋の外にいたロルフに問いかける。

ロルフはそれに対して恭しく頭を下げた。

「どうぞ、殿下の思うがままに」

「ヘンリック皇子に撤退を進言したのはあなたのご長男、ギードだそうだ。どのように扱おうと異論はないな？　もちろんあなたも今の地位にいられない」

「我が息子の失態。もちろん甘んじて受け入れます」

ウィリアムはそう言うロルフを見て、顔をしかめる。

腹の底が読めぬロルフをウィリアムは好きではなかった。

　ましてや自分の息子が危機に晒されているのに、応えている様子すら見せない。

　それが心底気に入らなかった。

「全員、席を外せ。ゴードンと二人で話したい」

　ウィリアムはそう言ってヘンリックやロルフを含めて人払いをする。

　そしてゴードンに告げた。

「奴の様子を見たか？」

「応えた様子も見せなかったな」

「息子を処刑するならどうぞご勝手にと言わんばかりの顔だ。最悪、それを口実に裏切る可能性もある」

「ではどうする？　ヘンリックを斬らないならギードを斬るのが一番だぞ」

「そうでもない。士気高揚や引き締めに使えるのは首だけではないからな」

　そう言ってウィリアムは静かに剣に手をかけた。

■■■

　ヴィスマールに駐屯する全軍をゴードンは集めた。

　そして演説台に乗って、全軍に向けて演説を始めた。

「聞いての通り、我が軍はレオナルトの封じ込めに失敗した。あえて言おう！　これは敗北だ！」

敗北を認めないゴードンがあえて敗北と告げた。

そのことに兵士たちは動揺するが、ゴードンは気にせず話を続ける。

「敗北の原因はわかっている！　総大将である我が弟、ヘンリックが臆病風に吹かれたからだ！　ゆえに俺はヘンリックを斬るつもりでいた！　当然のことだ！　前線で死んだ兵士たちを思えば、家族の情など関係ない！」

しかし、とゴードンは続ける。

その手には布に包まれた何かが摑まれていた。

その布を取り払い、ゴードンは掲げる。

それは人の腕だった。

「俺が斬ろうとしたとき！　ヘンリックの側近であるギード・フォン・ホルツヴァートが自ら片腕を切り落とした！　この腕で処罰を待ってほしいと！　ヘンリックに次のチャンスをと懇願してきたのだ！　大貴族の息子がヘンリックのために腕を差し出した！　今回の敗戦、この腕に釣り合うモノではないのは承知している！　しかし！　俺はヘンリックにチャンスを与えることにした！　なぜか!?　我々が大切にするのは、このギードが示した忠節だからだ!!　俺も誓おう！　諸君らの！　ギードの忠節に恥じぬ戦いをすると！　必ず俺たちは勝利する!!　我らはもう負けぬのだ!!」

ゴードンの言葉を受けて、全軍が沸き立つ。

歓声が上がり、ギードの名を兵士たちは口にする。

しかし、実際はそこまで綺麗な物語ではない。

「ボクの兄を腕を差し出した忠節者に仕立てあげ、全軍の士気をあげるとは……さすがウィリアム殿下というべきでしょうか？」

ヴィスマールにある屋敷。

そこにある一室。

そこでライナーはウィリアムに語りかける。

部屋のベッドにはギードが眠っていた。

周りには医師と侍女たちがいる。

さきほどまで腕を切り落とされた際の出血で、少し危険な状態になっていた。

そうなったのはギードが泣き喚き、暴れまわってすぐに治療ができなかったからだ。

ギードは当然ながらウィリアムの提案を受け入れなかった。自ら腕を差し出すなどギードにはできない。

しかし、ウィリアムはお構いなしにギードの腕を切り落とした。

ウィリアムにとってギードの意思など関係ないのだ。

すでにヘンリックの本陣にいた兵士たちには口止めを行い、ウィリアム配下の部隊に組み込んでいる。余計な噂を流すことはないだろう。

事情を知る将軍たちも次は自分たちと思えば、必死になって戦うだろう。これは士気高揚と同時に警告だからだ。

「兄が危険な状態だったというのに余裕だな？」

「出来損ないの兄ですから。別に死んでくれても構いませんよ。ボクは父に育てられ、兄は母によって甘やかされて育った。いずれ失態を晒すとは思ってました。父は少し期待していたようですが」

「なるほど。だから父親のように腹の内が読めんのだな？」

ウィリアムはそう言いながらライナーを睨みつける。

あのロルフが無能なギードに期待するとは思えない。

そして二人の反応からウィリアムは一つの結論に達した。

「ギードが失態を犯すと読んでいたな？　しかしホルツヴァート公爵家はゴードン陣営には重要。命は取られないとわかっていた。だからこその余裕だ」

ホルツヴァート公爵家はゴードンにつく貴族たちのまとめ役。

ホルツヴァート公爵家がいるからゴードン陣営についた貴族も多い。

ヘンリック以上に斬るわけにはいかない相手だ。

ギードの失態を受けて閑職に回そうにも、ギードを忠節者に仕立て上げたことでそうすることもできない。

信頼できない相手だと思っているが、排除もできない。

そしてそれがわかっているからホルツヴァート公爵家には余裕がある。

「だとしたら……どうするのですか？」

「裏切れば殺す」

ウィリアムは目にもとまらぬ速さで剣を抜くと、ライナーの首に突きつけていた。

さすがにライナーは冷や汗をかき、顔をひきつらせる。

その表情に満足しながらウィリアムは剣をしまい、ライナーの横を通っていく。

「レオナルトとの決戦ではホルツヴァート公爵家に先鋒を任せる。せいぜい頑張ることだ。忠義者のホルツヴァート公爵家が先鋒になることに誰も反対しないだろう」

「……光栄です」

裏切る可能性があるならば先に使いつぶすまで。

ウィリアムの考えをよく理解したライナーは、去っていくウィリアムの背中を睨みつけるのだった。

第二章　北部決戦

1

「お初にお目にかかります。レオナルト殿下。ツヴァイク侯爵の孫娘、シャルロッテと申します」

「初めまして、シャルロッテ嬢。伝令でいきなりお願いごとをして申し訳ない」

撤退したレオはシャルの挨拶を受けていた。

山火事が起きたとき、レオは真っ先にシャルへ伝令を出した。

水魔法による消火を手伝ってほしいと。

シャルはそれを了承し、追撃をレオに任せて山火事への対処に移ったのだ。

「いえ、火事を放置もできませんから」

「助かったよ。それと援軍も。いいタイミングだった」

「殿下のお力になれたのなら幸いです」

シャルもまたアルのことを話さなかった。

情報はどこから漏れるかわからない。

敵に情報が漏れたら、レオと決戦と見せかけてアルに攻撃をするという流れになりかねない。

「とりあえず包囲を破ることはできた。シャルロッテ嬢、これから敵はどう出ると思う？」

それはシャルを試す質問だった。

援軍のタイミングだけでも十分、周りが見えていることはわかっているが、どこまで戦局を読めるのか。

その能力次第で任せることが変わってくる。

「どういう形であれ、敗戦は敗戦。敵は勝利を欲しています。軍勢を集結して決戦を仕掛けてくるでしょう。複数の戦線を構築するほど敵に余裕はありませんから」

シャルの答えにレオは一つ頷く。

それはレオと同じ考えだった。

状況的にもゴードンの性格的にも、負けたあとに消極的な作戦を取るとは考えにくい。

ゴードン自ら率いての決戦が最も確率が高い。

「では、僕らはどうするべきだと思う？」

「こちらも戦力を集結させましょう。時間をかければ敵に援軍が到着するかもしれませんが、大軍勢になればなるほど、敵は兵糧に困ります」

「よろしい。それで行こう。君には僕の傍で意見を言ってほしい。いいかな？」

「はい。お任せください」

シャルを側近に加えることを決めたレオは、全軍に対して城に入るように指示した。

そしてハーニッシュ将軍へ早馬を出した。

至急、こちらに合流せよという早馬だ。

両軍は決戦に向けて動き出したのだった。

■■■

ヘンリックの敗戦から一週間。

ゴードンとウィリアムは全軍の再編成にあたっていた。

二万二千のヘンリック軍のうち、撤退に成功したのは一万五千。七千近くの兵が撤退に失敗した。

戦場で散った者もいるだろうし、逃亡した者もいるだろう。

敗北したという事実と七千という損失。それは決して安くはなかった。

「幸いだったのは損失の大半は藩国軍だったことか」

ゴードンの言葉にウィリアムは何も言わない。

兵の損失を幸いだったとは言いたくなかったからだ。

しかし、否定もしない。事実だからだ。

当初、ゴードン軍に援軍としてやってきた軍は連合王国軍五千、藩国一万五千の約二万。

そのうち連合王国軍五千と藩国軍五千の合計一万はウィリアムに付き従っており、五千はゴードン、残りの五千はヘンリックと共にウィリアム軍に合流した。

そこから連合王国軍と一部の帝国軍が離脱し、ヘンリック軍は敗北した。

しかし、損失を受けた七千の大半は藩国軍の兵士だった。元々士気や練度に劣るというのもあるが、前線に配置されており、対応することもできずに奇襲を食らったのが大きかった。

逃亡兵も多いだろうが、そこは今考えるべきことではない。

数こそ減ったが、戦力的にはそこまで減っていない。

それがウィリアムとゴードンの共通認識だった。

「お前が出る以上、帝国軍はお前に集中したほうがいいだろう。私は連合王国軍と藩国軍を率いる」

「それしかないだろう。連合王国からの援軍は？」

「およそ一万。すべて連合王国軍だ。もう藩国には兵を出す余裕はないからな」

「ヴィスマールの守備を任せていた貴族軍や待機部隊も加えて、総勢六万ちょっとか」

ゴードンとしては不満のある数字だった。

元々、ゴードン軍は四万。そこに援軍二万が加わって六万。七千の損失があったとはいえ、一万の援軍で補えた。

しかし、ゴードンの予定ではさらに帝国中から将軍と軍が加わるはずだった。

もちろん加わっている軍もいるが、それは予定よりもかなり少ない。

確保している拠点の維持を考えれば、使える兵力は六万。

対するレオナルトの兵力は三万から四万。しかし北部貴族が動いているという情報もあり、まだまだ増える可能性がある。

「確実に勝つためには戦場を吟味する必要があるな」

「問題は向こうが乗ってくるかどうかだが。あまりに露骨な戦場は選べんぞ」

「レオナルトの性格的にこの戦、すぐに終わらせたいと考えるはず。多少の不利は飲み込んで決戦に乗ってくる」

「長期戦はこちらも望むところではないからな。兵糧の問題もある」

そう言いながらウィリアムとゴードンは地図を広げ、どこの戦場でどういう作戦を行うのが有利か。

そんな話し合いを始めたのだった。

それはかつて連合王国で幾度も行われた光景だった。

しばし、その話し合いは続き、やがて一つの場所に収束していく。

「やはりここしかないか……」

ウィリアムはそう言って地図上の場所を指さす。

そこは平原だった。

しかし北は山、南は川に囲まれており、警戒すべき範囲が狭い地形。

山を確保しておけば圧倒的な優位を保てる。

「オスター平原……北にあるハイナ山を確保しておけば、勝利は間違いない」

オスター平原はレオナルトの城とヴィスマールとのほぼ間にある平原だった。

やや距離的にはゴードンたちのほうが近いものの、この距離ならレオナルトも決戦に応じる可能性は高い。

両軍数万の兵士が展開するだけの広さもあり、ゴードンたちからすれば最善の戦場といえた。

「問題はレオナルトの誘い方だが……」

「俺があえて動こう。全軍をここに向かわせているように見せる。レオナルトはすぐに戦場を察し、先回りしようとするが、すでにお前が竜騎士団で山を占拠している。その手はずならば問題あるまい」

「乗ってこない場合はどうする？」

「戦略の練り直しだ。だが、向こうとて余裕はない。罠と感じても乗ってくるだろう」

「ならばいい。残りの問題は一つだな」

「うん？　ほかに問題があるのか？」

ゴードンの言葉にウィリアムは頷く。

そして駒を平原に二つ置いた。

一つはレオの軍、もう一つはゴードンの軍。

さらにウィリアムはゴードンの軍の後ろに駒を置いた。

「山と川に阻まれているため、北と南に逃げるという手段がこの平原ではない。後方を塞がれれば挟撃されてしまう」

「挟撃する軍はいない」

「北部貴族が動いている。油断はならん」

「奴らが動いたとしても、戦場を決めるのはこちらだ。距離を考えても後方に回り込む時間はない。それに山を取っていれば、竜騎士たちの警戒範囲も広がる。それを掻い潜り、後ろに現れるなどありえん」

「たしかにそうだが……」

「心配しすぎだ。万が一、敵が後ろに現れたとしてもどちらかに集中して突破すればいい。とにかく山を渡さなければ、この平原では優位に立ち回れる」

ゴードンの言うことに間違いはなかった。

ゴードンたちと対峙する軍の中で、最前線にいるのはレオナルトたちの軍であり、北部貴族の軍はさらに後方。

ゴードンたちの裏を取るのは現実的ではない。

「ゴードン……確かに私の考えすぎかもしれん。だが、皇帝は動かん。不気味ではないか？」

「皇国と王国の相手に忙しいのだ。軍を使えば、どちらの援軍になるかわからんしな」

「そうだ、その通りだ。だが、あまり自分たちの都合のいいように考えるのは危険ではないか？　皇帝はすでに援軍を送り込んでいるとは考えられないか？」

「軍が動いたという報告はないぞ？」

「帝都での敗戦は、レオナルトともう一人、アルノルトにかき回されたからだ。アルノルトがこの北部に入っているとすれば……何かとんでもないことをするように思えてならない」

「警戒しすぎだ。帝都はあいつの庭だった。しかし、北部は違う。警戒する必要はない」

そう言ってゴードンはウィリアムの言葉を笑って流した。

しかし、ウィリアムの顔は晴れない。

自分たちが優勢に思えるからこそ、どうしても疑ってしまうのだ。

それをひっくり返す者がいるのでは、と。

だが、他に妙案が思いつくわけでもなかった。

結局、ゴードン軍はオスター平原を決戦場と決めたのだった。

2

「さすがにそう簡単にはいかないわね」

オスター平原の空。

カトリナ率いるグライスナー侯爵家の竜騎士たちは滞空していた。

本隊に先行し、戦場の重要拠点、ハイナ山の確保を命じられたのだが、そこは既に敵軍によって拠点化されていた。

無理なら退けとレオに言い含められていたカトリナは、撤退を命じた。この戦力で拠点化された山を落とすのはほぼ不可能だからだ。

しかし、好き勝手に偵察させるほど連合王国の竜騎士は甘くない。

山から黒い飛竜が続々と上がってきた。

「黒竜騎士隊……」

カトリナは呟きながら彼らに背を向けた。

今は戦う時ではないとわかっていたからだ。

それは向こうも同様。

本気で追撃を仕掛けている様子はなかった。

目障りだから去れ。その程度の出撃だ。

できるなら詳細な偵察をしたいが、諦めざるをえない。

そんなカトリナの目に、猛然と突っ込んでくる黒い竜騎士が映った。

黒い髭が特徴的な中年の男。

竜に乗っていなければ海賊や山賊と言われても信じてしまう容姿だ。

「ここで竜騎士を叩いておくのも悪くない！」

そう言って一騎だけで突っ込んでくる。

周りに合わせる気など皆無なその行動に、カトリナは思わず苦笑した。

特徴的な容姿の黒竜騎士の情報を聞いていたからだ。

「さすがは黒竜騎士隊の隊長のロジャー殿。剛毅ですね」

「その首貰ったぞ！　女竜騎士！」

「ですが、こっちの竜騎士も負けてませんよ？」

カトリナの余裕は自分たち側にも強者がいるからだった。

空から一条の雷が降ってきた。

それは的確にロジャーを狙っていた。

だが、ロジャーは持っていた大剣で弾く。

「やはり来ていたか！　フィン・ブロスト!!」

嬉しそうな笑みを浮かべ、ロジャーは降下してくる白い竜騎士、フィンに向かって上昇していく。

「ここであなたを落とすのも悪くない！」

「やれるものならやってみろ！」

フィンの雷撃をことごとく弾き、ロジャーは笑みを浮かべた。

全てが急所に向かってきている。精度で言えば前よりも上。

強敵がさらに強くなっていた。

普通なら辟易しそうなものだが、ロジャーからすれば喜ばしいことだった。

ロジャーと空で渡り合える者は連合王国でもそうはいなかった。ウィリアムは王族であり、
気軽に戦える相手ではない。

王国で戦った鷲獅子(グリフォン)騎士たちですら、ロジャーにとっては強敵とは言えなかった。

そんなロジャーにとって、フィンはようやく見つけた好敵手。強くなるならそれに越したことはなかった。

それに強くなっているのはフィンだけではなかった。

「前のように距離を取っていれば安全というわけではないぞ!!」

ロジャーはそう言って背負っていた杖(つえ)を取り出した。

それは奪った魔導杖(じょう)だった。

一度、解体されて内部の解析が済んだため、ロジャーに預けられたのだ。

複製を造るには時間が足りなかった。そのため、それは連合王国が抱える唯一の魔導杖。

最強の武具は最強の戦士に。

ロジャーもまた距離を取っての戦いができるようになったのだ。

しかし。

「その程度で!!」

フィンはロジャーが放った火球を避けながらいくつもの雷撃を浴びせていく。

同じ魔導杖を使う天隼(てんしゆん)騎士ならいざ知らず、フィンの魔導杖は六二式。本来、皇族のために作られた特注品だ。

加えてそれを使いこなすだけの魔力を持つ特異性も持ち合わせている。

空での魔導杖戦において、フィンと並ぶ者などいないのだ。

高速で動き回りながらフィンはロジャーの狙いを外していく。そして一撃のお返しを何倍にもして返す。

だが、ロジャーは左手で持った大剣でそれを弾く。

互いに決め手に欠ける空戦はしばらく続く。

カトリナたちは撤退し続け、他の黒竜騎士たちもレベルが違いすぎて参戦できなかった。

空を自由に飛び回るのは二騎だけ。

その攻防はいつまでも続くかに思われた。

だが、唐突に二人は距離を取った。

「ふん！　決着は本戦か」

「そのようですね」

そう言って二人は地上に目を向ける。

そこには二つの騎馬隊がやってきていた。

東からやってきたのはゴードンが率いる騎馬隊。

西からやってきたのはレオナルトが率いる騎馬隊。

互いに歩兵を残し、騎馬隊だけ先行してきたのだ。

その到着を受けて、ロジャーとフィンは互いに視線を交わし、自分たちの陣営に退いた。

どちらも心得ているからだ。

この戦の主役は自分たちではないと。

■■■

「お久しぶりですね。ゴードン兄上」

「久しぶりだな。レオナルト」

両軍より護衛もつけずにゴードンとレオが前に出て、言葉を交わす。

互いに剣を抜けば、相手を斬れる距離だ。

しかし、どちらもその素振りはない。

「北部の命運を決める決戦となります。きっと多くの血が流れるでしょう」

「だろうな」

「まだ皇族としての責任をお持ちなら降伏を」

「今更降伏などするわけないだろ？　ましてや優勢なのはこの俺だ」

「戦って……戦い続けて……どこに行くつもりです？」

「帝国に君臨し、大陸に覇を唱える。お前はそのための踏み台だ。俺の戦歴の一つに組み込んでやろう」

「……」

ゴードンの言葉にレオは何も言わなかった。

昔から武力に頼るところはあった。

しかし、ここまで周りを顧みない人物ではなかった。

歳月か、環境か。

変わった兄を見て、レオはゆっくりと剣を抜いた。

「覚えていますか？　昔、剣の稽古をつけてくれました」

「お前がしつこかったからな。幾度負けても向かってくる」

「あなたはそんな僕を褒めてくれた。諦めるなと叱咤し、倒れても立ちあがるのを待っていてくれた」

ゴードンも剣を抜く。

両軍に緊張が走った。

しかし、誰も動かない。

否、動けなかった。

下手に動けば開戦しかねない。

そしてそれを両軍の長が望まないこともわかっていた。

これは最後の話し合い。

もはや後には引けないという確認だった。

「ゴードン兄上……戦場で先陣を切るあなたを尊敬していました。あなたが強かったからじゃない。体を張ってでも味方を守るという信念を持っていたからだ」

「あの頃は将軍だった。しかし、今は違う！　俺は皇帝となる！」

「かつては兄として尊敬し、畏怖もした。けれど……もうあなたは昔のあなたではない」

ゆっくりとレオは剣を構えた。

ゴードンも同じく剣を構える。

大人しく降伏するなど思っていなかった。

そんな時期はとうに過ぎている。

それでも降伏してほしいと思っていた。これから流れる多くの血を思えば、それが一番の手だった。

かつて、城から見つめた兄はもういない。

多くの兵を引き連れて、凱旋する兄。

誰もがその勇猛さを称えた。

誰もがその武勲を称えた。

戦で部下を庇った傷を誇らしいと告げた兄はもういない。

「ゴードン……お前は僕が討つ!!」

「やれるものならやってみろ!!」

互いの剣が衝突し、甲高い音が戦場に響き渡る。

強烈な一撃により、剣は弾き合い、レオとゴードンとの間に距離ができた。

それは決して埋まらぬ溝。

もはや道は分かたれた。

最後の良心すら見せず、皇族の責務を果たさぬと告げるなら。

討つしかない。

どれだけの血を流しても。

互いに互いを睨み合い、どちらともなく自分の陣地に引き上げていく。

交渉は決裂。

これから先はいつ戦が始まってもおかしくない。

しかし、戦はそれから二日間。起こらなかった。

両者とも歩兵の到着を待ったからだ。

ゴードン軍総勢六万。

内訳は平原に布陣する帝国軍、貴族軍合同の三万五千。

ハイナ山に布陣する連合王国軍、藩国軍合同の二万五千。

レオナルト軍四万。

すべて平原に布陣した。

数の利、地の利。どちらも敵にある。

だから動かないのだと誰もが思っていた。

しかし、レオは地図を見ながら指でとあるルートをなぞる。

ハイナ山よりさらに北。そこにも大きな山がある。

そこが戦場に選ばれなかったのは近くに流れる川が激流であり、それが東と西を分断しているからだ。

そこにゴードンたちが布陣した場合、レオは激流を越えなければいけない。さすがにそんな不利な状況でレオは出てこない。

だからゴードンたちは布陣しなかった。

そしてよく調べたからこそ、激流を大軍が越えるのは無理だと判断していた。

しかし、レオはシャルから聞いていた。

川の流れは不規則で、数日に一度。激流の流れが弱まることがあると。

小さく笑みを浮かべながらレオは全軍に通達した。

「戦闘準備。始めよう」

その川を越えて、ゴードン軍の背後に出るのに必要な時間は二日。

レオはニヤリと笑いながらゴードン軍の奥を見つめるのだった。

3

「ゴードン軍、動き出しました。目指すはオスター平原のようです」

「読み通り、オスター平原が決戦の場か」

報告を受けながら、俺とローエンシュタイン公爵は地図を見つめる。

ハイナ山を取り、高所を確保したうえでのオスター平原での決戦。

今のところはすべて読み通りだ。

「まぁ、このあたりならそこしかないだろうな。レオに城へ籠られて困るのは向こうだし」

「よく城攻めはないと判断したな？」

「理由はいくつかある。ゴードンは野戦のほうが得意というのが一つ目。城攻めでは勝つまでに時間がかかるというのが二つ目。三つ目は竜騎士を活かすなら城攻めより野戦だから。それらを総合してゴードンは城攻めをしないと判断した」

「まるで経験豊富な知将だな」

「他人の行動を予想するのは得意なんでな」

兵糧に困っているという大前提がゴードンとウィリアムを縛る。

軍勢が集まれば集まるほど、一度に使う兵糧は増えていく。

だから二人は時間をかけたくない。

そして、ゴードンは負けを取り戻すために勝利が欲しい。なるべく早く、だ。

そうなるとレオに城から出てきてもらわないと困る。

「自分たちに有利であり、かつレオが乗ってきそうな戦場。このあたりじゃオスター平原が最善だ。決戦を仕掛ける以上、吟味して選択する。戦場選びで奇策を使うほど追い詰められていない。だから最善手を打つことになる。あいつらは俺たちがいまだに後方にいると思っているだろうからな」

今、俺たちがいるのは北部国境のギリギリ。

ゴードンとレオ。互いに互いを警戒し、偵察に力を注いでいるから俺たちを探す余裕がない。

グナーデの丘には旗を立てて、陣をそのままにしてある。維持するために兵も少し残してきた。

だからゴードンは北部諸侯連合軍がレオの後ろにいると思っている。その前提で作戦を立てるだろう。

だが、俺たちは誰よりも決戦場の近くにいる。

それがゴードンの誤算だ。

「ハイナ山を取りに行くか？」

「ゴードンが動いたということは、ウィリアムはもう動いているということだ。竜騎士団がさっさと拠点化している。隙を突けるには突けるだろうが、旨味（うまみ）が薄い」

「ならば……開戦後に背後を封じるか」

「それがこちらの最善手。ゴードンの逃げ道を塞げるからな」

「上手（うま）く立ち回れば最高の挟撃ができるだろう。北は山、南は川だ。逃げ場はない。だが、レオナルト皇子が意図したとおりに動くのか？」

ローエンシュタイン公爵の懸念はもっともだ。

俺たちが背後に現れてから開戦したのでは遅い。

レオとゴードンが戦い始め、注意がレオに向かったときに俺たちは背後に現れたい。

そのためにはレオが良いタイミングで仕掛ける必要がある。

ゴードンたちは万全の態勢を敷いている。長引けば別だが、そんな簡単には仕掛けないだろう。

「ここからオスター平原に向かうには激流の川を渡る必要がある。勢いが弱まる瞬間は現地の者しかわからん。軍隊が渡れるとは思わん以上、バレることはない。だが、渡った後は別だ。敵に近づけば近づくほど危険は増す」

ローエンシュタイン公爵の言う通り。

俺たちは万を超す軍勢。

野営一つするにも目立つ。レオが仕掛けるのをいつまでも待ってはいられない。しかし、川が弱まるときは決まっている。

渡れるときに渡らなければ、決戦に間に合わないかもしれない。

「伝令を出すべきではないか？」

「必要ない。俺がレオのことをわかるように、レオだって俺のことがわかる」

「双子ゆえの特殊な感覚を信じろと？」

「そんな曖昧なものじゃない。俺たちは互いに読み合っている。戦場の機微を将が経験で読むように、な。安心しろ。レオは動く」

「……命を預けている。儂に不満はない。だが、他の貴族はわからんぞ？」

「シャルが向こうで作戦を伝えていると言えばいい。すべて作戦どおりだと」

「崩壊したとき、取り返しがつかんぞ？」

「その時は正面から打ち破る」

俺の言葉にローエンシュタイン公爵は呆れたようにため息を吐いた。

そして。

「どこからその自信が出てくる？　ゴードンは歴戦の将軍だぞ？」

「かつては、な」

「今は違うと？」

「戦の勝利よりも自分の命が大切な奴には負けん」

「命が……大切ではないのか？」

「他人に命を賭けさせて、自分は賭けないなんてそんな理不尽が許されると？　命を捨てなきゃ勝てないというなら喜んで命を捨てよう。もちろん、そうならないように最大限の努力はするけどな」

命は最後の手段だ。

賭けるときは本当にピンチのとき。

皇族は旗印。それをしないで済むようにするのが役目でもある。

「全軍に出立命令。川を渡るぞ」

「承知した」

こうして俺たちは激流が弱まる瞬間を狙って、川を渡ることに成功した。

そして山を迂回して、ゴードン軍の後ろに回り込んだのだった。

■■■

「レオナルト皇子が仕掛けました！」

ゴードン軍の後方。

こんなところに軍勢がいるはずないと思う場所。

そこに北部諸侯連合軍は待機していた。

「本当に仕掛けたか……」

「だから言っただろ？」

「その自慢気な顔に何も言えんのは悔しいかぎりだ……では、前進ということでよろしいか？

総大将」

「もちろん」

「では号令を」

一万を超す北部諸侯連合軍。

貴族たちはともかく、騎士たちはこの連合軍の総大将が俺だとつい最近知った。

皇族の下で戦うことに抵抗がある者もいるだろう。

だから俺は彼らの前に馬を進ませて、告げた。

「これより前進する。北部の命運を懸けた戦だ。だから――好きなモノのために戦え」

それは戦前の総大将の号令としてはありえないものだった。

士気をあげるべき時。

だが、皇族が大声で叫んでも北部の騎士は士気が上がらない。

ずっと自らの主(あるじ)を虐げてきた存在だ。

好きになれるわけがない。

だから。

「北部の騎士たちに皇族への忠誠を求めたりはしない。求められる立場にあるとも思っていない。だから好きなモノのために戦え。家族でもいい。僚友でもいい。愛する者でもいい。好きなモノのために戦え。自分の心に素直に従え。その結果、何が起ころうと責任は取る」

あくまで俺は仮初の盟主。

北部の者は北部の意思で戦う。

そうでなければいけない。

「ついて来いとは言わない。好きなところへ行け。ため込んだ感情はすべて戦場で吐き出してこい。そして生きろ。北部の命運は――北部を守る者たちの双肩にかかっている。簡単に死ねるほど安い命ではないと心得ろ！　北部の騎士の勇猛さと粘り強さ！　大陸中に知らしめてやれ!!」

そう言うと俺は前に出てきている貴族たちを見渡す。

彼らの顔には覇気が満ちている。

良い表情だ。

「ボルネフェルト子爵には左翼、ゼンケル伯爵には右翼の先鋒を任せる。二人の判断力に期待しているぞ！」

「は、ははっ!!」

「お任せを！」

「中央はローエンシュタイン公爵に任せる」

「はっ。お任せを」

「両翼の先鋒を血気盛んな若武者に任せた！　ゆえに！　後ろは決して失敗は許されない！　各々方！　任せたぞ！」

「おおっ！」

「敵へ目に物を見せてやりましょう！」

ほかの貴族たちが不満をためないように声をかけていく。

先鋒は名誉だが、戦において最重要というわけではない。

最も大事なのはそれを支える後ろの軍だ。

崩れてはいけない。ゆえに慎重さを持つ貴族たちが必要となる。

布陣はもうほとんど済んでいる。

あとはこのまま進むだけ。

「全軍前進――戦の時間だ」

俺が片手を振ると万を超える騎士が決戦の場に向かって一歩踏み出したのだった。

4

「まったく……計画が台無しだぞ？　ライナー」

「いやいや、兄上が忠義者に仕立て上げられた時点で前線に出る羽目にはなっていましたよ」

「そうであってもウィリアム王子の前で泣くなりしておけば、先鋒は任されることはなかったのではないか？」

「ウィリアム王子はボクらを警戒していました。こっそり警戒されるより、前線に出たほうがマシでしょう」

「だが、どう動く？」

　ゴードン軍の最前線。

　先鋒に配置されたホルツヴァート公爵家のロルフとライナーは、対陣するレオナルトの軍を見ながら今後のことについて話し合っていた。

　元々の計画では、ギードの失態を受けて後方に配置され、レオナルトとゴードンが争っている間にゴードンの支配領域を制圧する予定だった。

　しかし、ウィリアムの策略でギードは忠義者とされ、そのままホルツヴァート公爵家も先鋒を任されてしまった。

後ろが味方である以上、余計な動きはしづらい。

「普通に戦うしかないでしょうね」

「相手は英雄皇子だが？」

「まともに戦わなきゃいいんですよ。向こうの狙いはゴードン皇子の首。ボクらなんて眼中にありませんよ。隙を見せればそこを突破してくれます」

「なるほど。先鋒を引き受けたが、奮戦するとは言っていないからな」

「そのとおりです。ボクらの騎士団は山側に配置して、そのほかの騎士団を川側に配置しましょう。地形の関係上、ゴードン皇子は山から離れない。仕掛けてくるのはレオナルト皇子です。ボクらの陣形が固ければレオナルト皇子は川側を突破します」

貴族軍はおよそ五千。そのうちの三千がホルツヴァート公爵家の騎士たちだった。

練度も数も他の貴族たちとは比べ物にならない。

ほぼ間違いなくレオナルトは他の貴族の騎士団を狙うだろう。

そうなればホルツヴァート公爵家の役割は終わる。

「一時的に北側に逸れて、敵側面に展開するか。そうすれば我々は第三勢力だ」

北にはハイナ山があるわけだが、そこを登らずに北に逸れる。先鋒ゆえに可能なことだ。

山を登ればウィリアムに良いように使われてしまう。

敵の側面に出れば、敵の警戒を受けて動けないと言い訳もできる。

ゴードンが劣勢になった段階で、裏切ればいい。

「ボクらがあっさり突破されれば戦況もレオナルト皇子優勢になります。不利を承知でこの場に出てきたんです。向こうも手があるんでしょう。ゴードン皇子は勝てないでしょうね」

「だが、ライナー。忘れるな？　敵の領地を制圧できない以上、弱ったゴードンかウィリアムの首が必要だ。そうすればレオナルト皇子の戦功は飛びぬけたものでなくなる」

「わかってますよ。上手くやりましょう」

そう言って親子は嗤う。

そんなホルツヴァート公爵家の後方。

全体の指揮を執るゴードンは、敵軍の様子をじっと見つめていた。

そんなゴードンに声をかける者がいた。

それは軍人ではなかった。

「敵は何やら策がある様子。我々の出番ですかな？　ゴードン殿下」

「貴様らの出番があるとしたら最後の最後だ。万が一の保険。出しゃばるな」

黒いフードを被った魔導師。

怪しげな雰囲気を持つその魔導師にゴードンは嫌悪感を隠さない。

それでも傍に置いているのは、利用価値があるからだ。

「我々もそうであってほしいですな。そう簡単に作れるものでもありませんので」

「わかっている。切り札を切らないに越したことはない。戦いはこれからも続くからな」

「まぁ万が一のときはいつでも声をかけてください。準備はできておりますので」

そう言って魔導師は自分専用の天幕に下がっていく。

そこで何が行われているのか、ゴードンの側近ですら知らなかった。

ゴードンはそんな魔導師を睨みつけ、そしてまたレオナルトの軍に視線を戻した。

すると敵軍が何やら動き出す雰囲気を見せていた。

「来るか……レオナルト！」

敵軍の攻撃。

それを察知して、ゴードンは軍の前衛に防戦準備を通達したのだった。

■■■

「レオナルトは正面から攻撃を仕掛けてきたか」

山中の陣にいたウィリアムはレオナルトが攻撃を開始したのを見て、中腹にいる部隊へ伝令を走らせていた。

山中はすべてウィリアムによって要塞化されており、中腹には多数の弓矢部隊を配置していた。

レオナルト側の先鋒は目の前の敵と同時に、山から降り注ぐ弓矢とも戦わなければいけない。

備えは万全。

それはレオナルトも承知のはずだった。

「殿下、何かお悩みですか？」

「ロジャーか……敵の策が気になってな」

「殿下が考えてもわからないなら、自分にはさっぱりですな」

わっはっはとロジャーは豪快に笑う。

その姿にウィリアムは苦笑しつつ、肩の力を抜いた。

考えてもわからない以上、何にでも対応できるようにするしかない。

「報告！　敵航空部隊！　こちらを目指しています！」

「おお！　来たか！　殿下！　出ます！」

「気を付けて行け。元々、あの魔導杖は竜騎士には向かない武器だ。この前の試運転で摑んだ感じでは、何発が限度だ？」

「十五発と言ったところでしょうな。向こうはいくらでも撃てるようですが」

「化け物だな。まさしく」

「ですが、止めなければ制空権を取られてしまいます。ご安心を。このロジャーが止めてみせます」

そう言ってロジャーはニヤリと笑うと、敵に備えるために走っていった。

そのまま各地で戦闘が起きていく。

空はロジャーに任せ、ウィリアムはゴードン軍の動きに合わせて山中の軍を指揮していく。

上下での連携に苦労していたレオナルト側の先鋒部隊だが、貴族軍の脆弱な部分を突いて、ゴードン軍の先陣を突破することに成功した。

ホルツヴァート公爵家の騎士団はそれを見て、一時戦場を離脱して敵軍の北側側面につく。

それを見てウィリアムは舌打ちをした。

徹底抗戦すれば敵を押し返すこともできたはずだが、それをしないため容易く先陣を抜かれた。

「元々アテにはしてないが……始末しそこねたか」

全滅してくれれば不安材料が消えたというのに。

ウィリアムはため息を吐きながら、軍の一部を動かそうとする。

しかし、その瞬間。

ウィリアムの背中に悪寒が走った。

幾度も戦場に出たウィリアムの勘が告げていた。

まずいと。

「っっ!?!?　待機中の竜騎士は空に上がれ！　ついてこい！　後方に向かう!!」

予備戦力として待機していた竜騎士たちを連れて、ウィリアムはゴードン軍の最後方に移動した。

そんなウィリアムの耳に角笛の音が聞こえてきたのだった。

それはウィリアムだけでなく、戦場全体に響いた。

「くそっ……！　やはり後方が鬼門だったか！」

言いながらウィリアムは急いで降下したのだった。

その目には万を超える騎士が映っていた。

掲げる旗は色とりどり。北部諸侯の戦旗だ。

「迎撃体勢!! 騎士たちが突っ込んでくるぞ! 弓隊を前に出せ!」

混乱するゴードン軍の後方に指示を出しながら、ウィリアムは迅速に防衛準備を整える。

そんな時。

敵軍の中央にひときわ大きな旗が立った。

赤地に黒と白の交差した双剣。

「双剣旗です! 北部貴族はレオナルトについたようですね!」

近くを飛ぶ竜騎士がそう言うが、ウィリアムはその旗に違和感を覚えた。

すぐにその違和感は解消される。

剣の配色が逆なのだ。

それ以外はすべて同じ。

ミスではない。

その確信があった。

「違う……剣の配色が逆になっている」

「え? 慌てて作ったのでしょうか……」

「帝国がそんなお粗末なことをするものか。あれは意図的だ。そしてレオナルトの旗と酷似している旗を使う者などただ一人！」

ウィリアムは一気に降下すると後方にいた魔導師に拡声の魔法を使わせる。

そして戦場全体に告げた。

「後方に北部諸侯連合軍！　率いる総大将は帝国第七皇子！　アルノルト・レークス・アードラー!!　出涸らし皇子と侮る者はこの私が斬る！　気を引き締めろ！　帝都での敗戦は双黒の皇子が出揃ったからだ！　決して合流させるな！　帝都での借りを返すぞ!!」

そう言ってウィリアムが後方軍の士気を上げる。

だが、そんな後方軍の士気を飲み込むような勢いで、北部諸侯連合軍は雄たけびを上げながら突撃を開始したのだった。

5

「さすがウィリアムだな」

角笛の音に混乱した後方軍に突撃をかけて、一気に突破を図るつもりだったが、迎撃体勢をさっさと整えてしまった。

だが、今更止めますというわけにはいかない。

「任せたぞ？」

「お任せを」

騎士の突撃には危険が多い。

俺は後方で指揮を執る手筈になっている。

だから前線でのことはローエンシュタイン公爵に任せるしかない。

俺は立ち止まり、手を振る。

それに合わせてローエンシュタイン公爵が馬をゆっくりと前に進ませていく。それに騎士が続き、左翼と右翼も同様に続く。

北部諸侯連合軍の先鋒が進みだしたのだ。

しかし、その歩みは遅い。

そんな中でローエンシュタイン公爵が号令をかけた。

「我らは双黒の皇子につくと決めた！　その障害となる者たちはことごとく弾き飛ばせ！　北部の騎士は退かぬ！　止まらぬ！　恐れぬ！　この突撃は我らの新たな未来を切り開く大いなる一歩となる！　喝采をあげよ！　最初の一歩は——意気揚々と行こうではないか!!」

騎士たちが声を張り上げた。

馬の歩みが徐々に早くなっていく。

まるで津波のように。

大きなひと塊が敵軍後方に迫っていく。

しかし、ウィリアムもそれを黙って見てはいない。

騎兵突撃の最大の弱点は突撃する瞬間だ。

どれだけ鎧で体を固めても、降り注ぐ矢の雨に入っていけば無事では済まない。

敵は弓隊を並べて矢を放てば、それだけで多くの騎士の命を奪うことができる。

騎士が国の主力から外れたのはそれが原因だ。

騎士は精鋭。莫大な時間と労力を費やして鍛え上げられる。それが矢の一本で消えていく。

騎士による突撃は割に合わないのだ。

軍による騎兵突撃は敵の隙を突く形で行われる。敵の真正面から突撃することは稀だ。

しかし、それが騎士であり、常套手段。

戦いのたびに多くの死者を出すから騎士は外征には連れていかれなくなった。

時代遅れと揶揄する者もいる。

確かに時代遅れだろう。魔法が発展し、多くの兵器が誕生した今。

真正面から何の工夫もなく突撃するのは時代遅れだ。

だが。

「時代遅れなら時代に追いつくように工夫すればいい」

一手で駄目なら二手、三手と組み合わせて使えばいい。

まとまった騎士の打撃力は強大な魔法に匹敵する。陣形を吹き飛ばせる威力があるということだ。

それだけで使う価値はある。

弱点は他で補えばいい。

「弓隊準備。手筈通りだ」

「はっ！　弓隊前へ!!」

選抜された弓兵が馬に乗って、一定の距離だけ前に出る。

彼らは各領主が抱える弓兵の中でも、距離を飛ばすことに長けた弓の名手だ。

そんな彼らの矢には変わった形の玉が括り付けられていた。

足の親指くらいの大きさの玉だ。

それが騎士の突撃を助ける。

「構え」

「構ぇぇぇぇ!!」

指示が全体に飛ぶ。

長弓を斜めに構えて、弦を引く。

一瞬の静寂。

俺は敵の様子を注意深く見つめる。

敵も矢を放つタイミングを見計らっている。

ウィリアムが素早く行動したせいで、後方軍には弓隊が揃っている。まとまった矢が飛んでくるだろう。

それを許せば騎士の数が減る。数が減れば打撃力が落ちる。そうなれば突破口を開けない。

つまり。

「負けるわけにはいかないんでな」

呟きながら俺は空から指示を出しているだろうウィリアムが、少しだけ動きを見せたのを見て告げた。

「撃て」

「撃てぇぇぇえ!!」

一斉に矢が放たれる。

一瞬遅れて敵の矢も発射された。

矢はぐんぐん伸びていき、前を走る先鋒隊の上まで差し掛かる。

それはつまり、敵の矢も上に来たということだ。

ただの矢なら防げない。

しかし、あれはただの矢ではない。

「発明品も使い方次第だな」

「まったくですな」

静かに後ろで控えていたセバスが頷いた。

すると矢に括り付けていた玉が少しだけ光りだした。

そして玉は一気に空気を吐き出したのだ。

まるで突風。

それが先鋒隊の上で起きた。

それは風の防壁となって、敵の矢を受け付けない。

元々当てるのが難しい矢にとって、風は天敵だ。いきなりの突風なんてどうしようもない。

矢は軌道を変えられて、先鋒隊とは関係ないところに力なく落ちていく。

玉の名前は〝涼風玉〟。

キューバー技術大臣が試作した不良品だ。

暑い日に涼むための風を出す魔導具のはずだった。しかし、風が強すぎて部屋の家具が吹き飛んでしまうガラクタができた。

しかもためた魔力を一瞬で使うため、風が出るのは一回だけ。使うにはまた充填しないといけない。

もう本当に失敗作だ。

しかし使いどころというのは意外なところにある。

日常では使えないかもしれないが、戦場では使い道があった。

ウィリアムには悪いが、せっかくそろえた弓隊では北部騎士を削れない。

勢いを落とさずに先鋒隊は進み続ける。

まさかの事態に敵が後ずさるのがわかる。

当然だ。前を走るのは雷神・ローエンシュタイン公爵。

次に来るのは子供でもわかる。

轟音が戦場に響き渡った。敵陣に巨大な雷が落ちたのだ。

ローエンシュタイン公爵の雷魔法だ。雷神と呼ばれるだけあって、その威力と範囲は並みの魔導師を軽く上回っている。

本来、あれだけの範囲を崩そうと思えば魔導師が百人単位で必要になる。それを一人でやってしまうのだ。敵からすればたまったものじゃないだろう。

迎撃体勢を整えていた後方軍が乱れる。

その隙に先鋒隊が突撃した。

勢いを緩めずに突撃してきた北部の騎士たちは敵後方軍を蹂躙(じゅうりん)していく。

ウィリアムとて立て直すのは難しいだろう。

「第二陣、第三陣用意。第二陣は先鋒隊の後に続け。第三陣はハイナ山方面に展開。敵が動く素振りを見せたら、突撃をかけろ。山を下りてきた直後じゃ何もできない」

「はっ！　第二陣！　第三陣用意!!」

指示を出しながら俺は敵の動きを見つめる。

今のところ、こちらが優勢。

あとは敵がどう出るかだ。

このまま終わりはしないだろう。

この程度で終わるなら俺が出るまでもない。

「数少ない強敵と認めているんだ。そんなもんじゃないだろ？　ウィリアム」

奇襲を察知し、迎撃態勢を敷いた。

それを突破されて、流れを失ったのが今の状況。

そこから流れを取り戻せない程度の将なら竜王子などとは呼ばれない。

戦はまだ始まったばかり。

何が起こるかはわからない。

6

「くっ！　入られたか！」

迎撃態勢を敷いたにもかかわらず、敵の突撃を許してしまった。

このまま好きなように突撃させていたら、後方軍は壊滅する。

ゴードンは前後で挟み撃ちを受け、逃げることもできないだろう。

ここで勢いを殺す必要がある。

「各部隊で戦え！　各自ラインを下げろ！　一時撤退だ！」

ゴードンはあらかじめラインを設けていた。

指示をわかりやすくするためのものだが、後方軍のラインを下げるというのはレオナルト側に攻めあがるということだ。

攻められているのはゴードン軍。味方に押しつぶされるということはないが、それでも窮屈で動けなくなってしまう。

それでもウィリアムは下がることを指示した。

その間に自分は竜騎士を率いて敵先鋒隊の足止めに入った。

「雷神・ローエンシュタイン公爵とお見受けした」

「そういう貴様は竜王子か？」

「いかにも。なぜあなたが敵側についたのですか？　こちら側は幾度も使者を送ったはず」

「言わねばわからんか？」

「わかりません。ゴードンはあなたにとって孫にあたる。ゴードンにつくのが筋というものではないか!?」

先頭を駆けていたローエンシュタイン公爵の前に降下し、ウィリアムは敵先鋒隊の足を止めた。

ウィリアムを無視すれば攻撃を受ける以上、戦うしかない。しかしウィリアムと戦える者などそうはいない。

ローエンシュタイン公爵はコキコキと首を鳴らしながら槍を構えた。

敵先鋒隊が奇襲できたということ、そして先陣をローエンシュタイン公爵が務めているということ。これは士気という点と強さという点で利があった。

単純に強いローエンシュタイン公爵が敵を崩すから、後ろが楽になる。中央が崩れるから両翼も楽になる。

敵を止めるにはローエンシュタイン公爵を止めるしかない。

それゆえウィリアムはローエンシュタイン公爵の前に出た。

「言葉で儂を止めようとするとはな。相当困っているようだな？」

「どこぞの皇子のせいで一杯一杯です」

「ふっ……それが答えではないか？　そのどこぞの皇子に儂はついた。魅入られたのだ。命を預けるに足る皇子だ。血のつながったゴードンには欠片も感じなかった想いだ。北部の想いは重い。それを背負える皇子はただ一人、出涸らしと蔑まれ、我らも蔑んだ皇子のみ。その皇子が戦に出るという。それを無視すれば我らは貴族としての誇りを失う！　どうだ？　ウィリアム王子。今からでもこちらに鞍替えしては？」

「嬉しい誘いですが……魅入られたのはこちらも同様！　親友と呼び、いずれ肩を並べて大戦に挑もうと語り明かした！　このウィリアムに裏切りの文字はない!!　たとえ二人になっても誰にも屈しない!!　戦史に残る大立ち回りをゴードンと演じてみせよう!!」

ウィリアムは槍を突き上げて雄たけびをあげた。

それを見て、ウィリアムの後ろにいた兵士たちの士気が一気に上がった。

ローエンシュタイン公爵はそれを見ながら、動けずにいた。

何かあると勘が告げていた。

しかし、両翼が再度突撃を開始してしまった。

「いかん！　退かせろ！」

「覚悟!!」

左右に視線をやった瞬間。

ウィリアムはローエンシュタイン公爵に肉薄していた。

竜の加速を使った突き。

それをローエンシュタイン公爵は両腕で槍を振るって弾(はじ)いた。

ローエンシュタイン公爵とウィリアムの視線が交差し、ウィリアムはそのまま低空で飛行して先鋒(せんぽう)隊をかすめていく。

それを合図としたように、山中から巨大な矢がいくつも先鋒隊に襲い掛かった。

「ちっ！　山に弩砲(バリスタ)があったか！」

自分の近くに飛んでくる巨大な矢を魔法で迎撃しながら、ローエンシュタイン公爵は舌打ちをする。

最初に使ってこなかったのは味方がいたからというのと、おそらく移動式だったから。

前方に備えていた物を移動させたにしては早すぎる。

「万が一に備えて温存していたか……やりおる！」

誰よりも先に着いたウィリアムは山を拠点化し、この場での戦いをいくつも想定する時間があった。

万が一、後方に敵軍が現れた場合に備えて、後方軍を援護できる拠点も作っていた。

そこに移動式の弩砲が到着したのだ。

数自体はそこまで多くはないが、時間稼ぎには十分。

一時撤退した部隊が態勢を整えてしまった。

「両翼の被害は⁉」

「突出していた分、狙い撃ちされました！　被害は甚大！」

「一時退くぞ！　山をどうにかしなければ被害が増える一方だ！」

このまま力攻めをすればそれなりの戦果が期待できる。しかし、それと引き換えに多くの騎士を失う。

挟撃が成立しているのは、どちらも突破が容易でない軍だから。一方が弱体化すればそこから突破されてしまう。

そうなれば勝利はもう得られない。

そもそも主攻は北部諸侯連合軍ではない。ウィリアムを引き付けられたならば、十分な援護になるだろう。

「総大将に伝令！　ここでウィリアム王子を引き付ける！」

「はっ！」

後方に伝令を出しながら、ローエンシュタイン公爵は被害を受けた両翼を下げ、自分も少し下がった。

そんなローエンシュタイン公爵の目には低空で飛行しながら、兵士たちを鼓舞するウィリアムの姿が映っていた。

「気持ち良い若造ではないか……不出来な孫にはもったいないわ」

言いながらローエンシュタイン公爵は挨拶代わりに魔法を放つ。

それをウィリアムは簡単に避けてみせた。

自分を警戒して、動けなくなればそれでいい。

敵の士気はウィリアムに依存した士気だ。

だからウィリアムは動けない。

「もうしばらく老人に付き合ってもらおう」

経験に裏打ちされた状況判断。

古強者らしい嫌らしい一手にウィリアムは歯嚙みしながらも、動くことはできなかった。

それを見て敵の士気はさらに上がる。しかし、それでよかった。

ウィリアムが前線を離れれば必ず下がる。

■■■

レオの本陣。

そこには次々と情報が入って来ていた。

「ハーニッシュ将軍率いる先鋒隊！　山からの援護射撃に苦戦中！」

「敵軍後方に現れた北部諸侯連合軍！　敵将ウィリアムに動きを止められた模様！」

「側面に回ったホルツヴァート公爵家の軍勢はいまだ動きません！」

「ハイナ山に向かった航空部隊は敵竜騎士隊と交戦中！」

黙って報告を聞いていたレオは、次の一手を考えていた。

山を攻略しなければ前に進むのは困難。しかし、山は拠点化されている。空から攻略しようにも敵自慢の竜騎士団が空の道も封じている。

「良い布陣だ。そう思わないかい？　ヴィン」

「敵を褒めてどうする。まったく……大体、アルの登場にまったく驚いていない様子だが？　知ってたのか？」

「知らないよ。けど予想できた」

「シャルロッテ嬢に聞いていたと言ってほしかったぜ。気味の悪い双子だ」

もしもこの双子が敵だったら、連絡の取れない状況で軍レベルでの連携を行ってくるということだ。

軍師からすれば頭が痛いというレベルの話ではない。

いきなり敵の援軍が後方に現れたら卒倒してもおかしくない。

「ひどい言い方だなぁ」

「ずいぶん優しく言ったつもりだが？　それよりどうするつもりだ？」

「軍師の意見は？」

「空の戦いが終わらんことには山は攻略できん。敵の援護射撃が届きにくい川沿いから攻めるべきだろうな」

「そうだね。けど、敵の防御も厚い」

「第二陣を差し向けるべきだろうな。できれば破壊力のある部隊がいい」

「そうなるよね。じゃあお願いできるかい？　シャルロッテ嬢」

レオの言葉に傍にいたシャルロッテは一礼する。

そして告げた。

「お任せください。北部四十七家門の力を敵に見せつけてきましょう」

「そういうことなら私も出てよろしいですかな？　殿下？」

「グライスナー侯爵まで出られるのは困る。本陣で指揮をできる奴がいなくなるだろ」

「いいさ。しばらく僕は出ない」

「しばらくかよ……」

自分が本陣の指揮を押し付けられる未来を簡単に予測できたヴィンは顔をしかめる。

そんなヴィンに対して、グライスナー侯爵は苦笑しながら告げた。

「お許しを、ヴィンフリート殿。真に北部四十七家門が集結したのです。本陣で指揮を執るだけでは物足りないというもの」

「まったく……無理はしないでくれよ？　最も士気が高い部隊がやられたら挽回できん」

「わかっております」

そう言ってシャルロッテとグライスナー侯爵は出陣の準備に取り掛かった。

そんな二人を見送りながら、ヴィンはレオに懸念を伝えた。

「用心しろ。ゴードンは先陣を切る将軍だ。後ろで大人しく指揮を執っているのは何かある」

「僕もそう思っていたところだよ。直下の精鋭もまだ出てきていない。不気味だね」

二人の視線が敵軍の中央に注がれる。

いまだにそこに動きはないのだった。

7

「山から弩砲か。しっかり要塞化しているな」

「そのようですな。どうなさいますか？」

「騎馬主体の北部諸侯連合軍では山は落とせんよ。攻めることはできるが、レオ次第だ」

「向こうは向こうで手こずっている様子ですが？」

「そりゃあ簡単には行かんだろうさ」

言いながら俺はセバスと共に後方に下がった。騎士たちがついてこようとするが、考え事をしたいと言って、彼らは遠ざけた。

戦局は膠着状態に入った。

敵後方軍を指揮するウィリアムとローエンシュタイン公爵は睨み合いを続けており、それを打破できる可能性がある山の軍にはこちらが睨みを利かせている。

無理に下山すれば大きな被害を受けるだろう。ハイナ山を取っているからこその膠着状態。その隙にハイナ山を落とされればゴードン軍には勝ち目はなくなる。

ウィリアムもそれはわかっているだろう。

動くなら勝負をかけるときだ。

それまでは細かい手の応酬になるだろう。

たとえば。

「暗殺者の派遣とか、な」

「久しぶりだな。出涸らし皇子」

後ろに下がった俺たちは複数の暗殺者に囲まれる。数は七人。

馬上にいる俺へ、フードを被ったリーダー格の男が声をかけてきた。

その声には聞き覚えがあった。

「ザンドラ姉上の暗殺者か。しぶといな？　生きていたか」

「ザンドラ様の仇は討たせてもらおう」

たしかギュンターとか呼ばれていたか？

魔法を使う暗殺者。俺を暗殺しに来るのは二度目だ。まぁ一度目はそういう命令を受けながら、状況を考えて拉致しようとしていたが。

それだけでザンドラ姉上のことを考えている部下だとわかる。

ギュンターはフードを取る。

顔には大きな火傷があった。

動きがぎこちない。おそらく火傷は顔だけじゃ済まないだろう。

生き残ったというのに危ない橋を渡っているらしいな。

「仇を討ってもザンドラ姉上は戻らんぞ？」

「それでもザンドラ様の名前は残る……ここにいるのはザンドラ様に拾い上げられた暗殺者たちだ……ザンドラ様は命の恩人だった。共に死ぬことは叶わなかったが……お前の首を冥土のザンドラ様にお届けしよう!!」

そう言ってギュンターが俺に向かって飛び掛かってくる。

気迫のこもった突撃だ。

しかし、そんなギュンターの短剣をセバスは難なく受け止めた。

「うおぉぉぉぉぉ!!」

「感心しませんな。気持ちでどうこうなる戦力差とお思いですかな？」

「くっ！」

セバスは静かに告げて、俺を後ろから襲おうとしていた暗殺者に蹴りを放つ。

もちろん届かない。

しかし、暗殺者は何も言わずに膝をつく。

その首には短剣が刺さっていた。セバスが足に仕込んでいた短剣だ。

蹴りの勢いでそれを放ったのだ。

誰にでもできることじゃない。それはギュンターたちの驚く顔を見れば一目瞭然だ。飛ばすのも大変だし、飛ばした短剣をコントロールするのも難しい。

しかしセバスは難なくやる。

暗殺者としての技量に決定的な差があるのだ。

残り六人の暗殺者が束になってかかっても勝ち目はない。

不意打ちできなかった時点でギュンターたちの負けだ。

「押せ！　一撃でも届けばアルノルトを殺せる!!」

そう言ってギュンターはセバスの動きを制限しようとする。

しかし、セバスはギュンターの相手をしながら近づく暗殺者たちに短剣を飛ばしていく。

すべて一撃。急所に短剣が刺さり、暗殺者は次々に倒れていく。

短剣を投げても、セバスがそれを弾いてしまう。

そして五人の暗殺者がすべて倒れ、残るはギュンターだけとなった。

「ぐっ！」

セバスが振るった短剣をギュンターは肩で受け止めた。

首を狙った一撃を避けられないと悟ったんだろう。

深く肩に突き刺し、セバスの腕を掴んだ。

「やれぇぇぇぇ!!」

そう言ってギュンターが叫び、潜んでいた八人目が俺の背後に現れた。

暗殺の基本は不意打ち。

人間はどうしても見えているものを信じてしまう。

最後の敵に集中するのは仕方ない。

六人の仲間の命を賭けた布石。

最後の最後まで出てこないことで、伏兵はいないと思わせた。

良い作戦だ。

「セバスが護衛じゃなきゃ決まっていたかもな」

大きな音がした。

そして気づけばセバスが八人目を斬っていた。

どうやって拘束を脱したのか？

その答えはダランと垂れた右腕にある。

関節が外れていた。

それも複数。

一つの関節を外すというのは珍しくはない。暗殺者ならそれぐらいはできるだろう。

だが、セバスは体中の関節を外せる。しかもそれは着脱自由。外しても筋肉ではめることができてしまう。

どう訓練したらそういう体になるのか。

謎の多いセバスの中でもとりわけ大きな謎の一つだ。

「私を拘束するならば魔法で拘束するべきでしたな」

「お前を拘束できる魔導師が何人いるかな？」

「一人は存じています」

そう言ってセバスはギュンターの前に近寄っていく。

ギュンターはそんなセバスに短剣を投げつけるが、セバスはそれを掴む。

そして短剣の後ろに隠れた炎の短剣にその短剣を投げつけることで相殺した。

「おのれ……！　死神……！」

「その体でよく戦った。もう諦めろ」

「諦めろ……？　ふざけるな！　自分の弟が殺されたなら貴様は復讐を諦めるのか!?」

「愚問だな。俺は弟を殺させはしない」

俺の言葉にギュンターが顔をしかめる。

主君を死なせた自分へのあてつけと感じたんだろう。

だが、そういうわけじゃない。

「質問する相手が悪かったですな。アードラーの一族に前提というものは通じません」

「なにぃ……？」

「二者択一の状況で、二者を取ろうとするのがアードラー。大陸で最も不遜な一族。だからこそ――仕える価値がある。あなたもそうだったのでは？」

「……そうだったな」

ギュンターは呟きながら自らの短剣を自分に向ける。

自ら命を絶つ気なんだろう。

それも悪くない選択だ。区切りがつくならそれでもいい。

だが。

「ギュンター。俺を討てばザンドラ姉上の名前が残ると言ったな？　だが、俺を討った程度じゃザンドラ姉上の名は残らん」

「……だからどうした……」

「お前は姉上の側近だ。悔いを残して死なすのは忍びない。だから伝えておこう。ザンドラ・レークス・アードラーの名は消えない。この俺が忘れはしない。どんな形であれ、残してみせよう。大罪人としてではなく、俺の姉として」

「あれほど命を狙われたのに……なぜ……？」

「弟なのでな」

俺の言葉を聞くと、ギュンターはポカーンとした表情を浮かべたあと、声を出して笑いだした。

そしてしばらく笑ったあとに告げる。

「……狂っているぞ？」

「そういう一族だ。どうしようもない一族だ。人の身で神のようなことをしようとしている。それが加速したのはいつからか知っているか？　魔王が現れた時だ。勇者と聖剣という奇跡によって大陸は救われた。だが、アードラーは二度も奇跡には頼らない。いずれ来る災厄に備えるためにより良い後継者と血を求めていった。次も勇者が勝てるとは限らないから――アードラーという一族を鍛え上げたんだ」

来るかもわからないものに備える。しかも何百年もかけて。

どうかしていると人は言うだろう。

だが、アードラーの一族は大真面目だ。

馬鹿げたことをやらせたら大陸において右に出る者はいない。そういう血筋なのだ。

しかし、だからこそ人を惹（ひ）きつける魅力も併せ持つ。

人は自分にないものを他者に求めるからだ。

「時代を切り開くのはいつだって狂った大馬鹿者だ。アードラーに狂っているなんて褒め言葉だぞ？」

「ふっ……なんて一族だ……」

「お前もその一族に魅入られた。ザンドラ姉上もまたアードラーだった。だから俺は忘れない。お前もそんなアードラーの側近なら忘れられない最期を見せてみろ！」

「出涸（でが）らし皇子が……」

言いながらギュンターは笑う。

そして自分に向けていた短剣を握り直し、セバスに向けた。

その短剣に炎を纏（まと）わせて、ギュンターは気迫のこもった一撃をセバスに放つ。

二人が交差して、セバスの頰（ほお）に傷がついた。

「良い一撃でした。名は覚えておきましょう。ギュンター」

「ごはっ……」

ギュンターは血を吐いて膝をつく。

その胸には短剣が刺さっていた。もう助からないだろう。

「……何か言い残すことはあるか？」

「……ゴードンは……怪しい魔導師と……組んでいる……」

「そうか」

「……対策は……あるんだろうな……？　これは〝二度目〟だぞ……？」

「もちろんあるとも。ちゃんと用意してきた」

「ふん……さすがザンドラ様の弟……抜かりがないな」

そう言ってギュンターは倒れこむ。

セバスはその姿を見て目を細める。

「暗殺者の忠義を勝ち取るのは難しいことです。最期までザンドラ様のために生きていましたな」

「そうだな……」

呟き、俺はため息を吐く。

二者択一の状況で二者を選びにいくのがアードラー。しかし二者を救えるとは限らない。

より強く、より先へ。

そうやって血筋を強化した結果、魔導師としての完成形である俺が生まれた。

それでも無力感に苛まれる。救えぬ者がいる。

「つくづく思うよ。平民に生まれたかった」

「無いものねだりですな。ほとんどの平民が皇族のようにはなれません。同様に皇族も平民にはなれない」

「そうだな……皇族に生まれた以上は皇族としての責務を果たそう」

そう言って俺は覚悟を決めなおした。

次は兄を討つと。

8

レオたちの先鋒隊を率いていたのはハーニッシュ将軍だった。

しかし、貴族軍を抜いたあとは勢いを止められてしまった。

「盾隊を左に集中させろ！　とにかく山側の防備を厚くするぞ！」

ハイナ山を取っていたウィリアム軍の援護射撃。

ゴードンがいる本陣に近づけば近づくほどそれは激しくなっていく。

さらに貴族軍の後ろにいたのはゴードン側についた帝国兵。

練度という点ではハーニッシュ率いる帝国軍と同等。

無理に突撃すれば被害が増えるため、ハーニッシュは前線を維持することに腐心していた。

「まったく……！　最初から説明されていたとはいえ、大変な役回りだな！」

言いながらハーニッシュは自らも槍を振るう。

レオの軍師であるヴィンからハーニッシュは先鋒隊の役割を説明されていた。

敵軍は山中から援護射撃をかけてくる。ほぼ間違いなく先鋒隊は動きを止められることになる。ゆえに潰れ役が先鋒隊の役割となる。

本命は第二陣以降。

本来、先鋒とは名誉ある役割のはずだが、今回は泥臭い役割になる。すべて承知で引き受けた。

ハーニッシュは軍人だからだ。

軍人は騎士ではない。

戦場において指揮官が考えることは目の前の軍にどう勝利するかのみ。

副官時代、敬愛するエストマン将軍にそう叩き込まれた。

だからハーニッシュは最も辛い役割を引き受けた。

敵の反撃を受け止め、その場で耐え続ける盾。

いつ味方がやってくるのか？

そんな焦燥との戦いでもある。

それでもハーニッシュはやり遂げた。

「将軍！　角笛です！」

「来たか!!」

角笛を吹くのは騎士のみ。

ハーニッシュたちから見て右側。

川沿いに展開していた敵軍に対して、レオの軍の第二陣が襲い掛かる。

同時に敵軍に雷が落ちた。

それを見てハーニッシュは笑う。

「はっはっはっ!!　雷神が二人もいるとは敵も思わなかっただろうな！　よーし！　こっちも押し返せ！　盛大に騒いで敵の狙いをこちらに向けろ!!」

笑いながらハーニッシュは槍を掲げ、第二陣の援護に徹したのだった。

■■■

《天空を駆ける雷よ・荒ぶる姿を大地に示せ・輝く閃光(せんこう)・集いて一条となれ・大地を焦がし照らし尽くさんがために――サンダー・フォール》
雷が敵の陣形を破壊する。
シャルはそのまま敵軍に突入して、手あたり次第に雷を放っていく。
その姿を見て、貴族軍は士気を高め、敵は恐れ戦(おのの)く。

「ら、雷神だぁぁ!?!?」

「退け！　退くんだ!!」

シャルの雷の脅威に晒された一部の部隊が悲鳴をあげて撤退を開始する。

それを見てシャルはさらに中に切り込もうとするが、撤退しようとした部隊長が蹴り飛ばされたのを見て動きを止めた。

「退くな！　退いてどうする!?　後方には本物の雷神がいる！　逃げ道などない！　小娘に怖気づくのはやめろ!!　活路は前にある！　敵を跳ね返せ!!」

そう号令をかけたのはフィデッサー将軍だった。

前線崩壊の危機を察知して、本陣より出てきたのだ。

フィデッサーは槍を構えてシャルの動きを牽制する。

それを見てシャルは右手に雷を纏わせた。

「小娘！　ローエンシュタイン公爵家に連なる者とみた！　名を名乗れ！」

「北部四十七家門が一つ、ツヴァイク侯爵家のシャルロッテ。あなたが私の相手をしてくれるのかしら？　将軍」

「雷神の孫娘か！　相手にとって不足はない！」

そう言うとフィデッサーは馬を走らせ、シャルに槍を突き出した。

しかし、それは雷を纏ったシャルの腕によって阻まれる。

「その程度の腕で……北部の雷を止められるとでも思ったのかしら!?」

「ぐっ⁉⁉」

槍を止められたフィデッサーに対して、シャルは左手で雷を放つ。

魔導師と戦うときは両手に気をつけなければいけない。武器を持っていなくても攻撃できるからだ。

咄嗟に右腕で雷を受けるが、激しい痛みが腕を襲う。

しばらく動かすこともできないだろう。

だが、フィデッサーは顔をしかめながら槍を構えなおす。

まだ子供といってもいい年齢の頃から、フィデッサーは戦場に立っていた。家督も継げない貴族の子息にとって、もっとも簡単な出世の道が戦場で武功を上げることだったからだ。

幾度も死にそうな目に遭いながら、将軍まで上り詰めた。

その過程で腕が使えなくなったことなどいくらでもある。

そんなフィデッサーにとって、ここでやせ我慢をするなど造作もないことだった。

「見よ！　兵士たちよ！　私の腕は健在だ！　本物の雷神ならば私は腕ごと体を焼かれていただろう！　雷神などと恐れるな！　北部の神は一人のみ！　その一人もウィリアム王子が食い止めている！　他国の王子が前線で戦っているのに、我らが怖気づいてどうする⁉　厳しい訓練を思い出せ！　今こそ奮い立つときだ‼」

重度の火傷だ。

籠手をつけているため目立たないが、右腕を掲げるなどどうかしているほどの怪我だった。

それでもフィデッサーは自らの無事を誇示した。

雷神という幻想を打ち砕くために。

「行くぞ!! 反撃だ!!」

そう言ってフィデッサーはまた槍をシャルに突き出す。

片手でありながら先ほどよりも鋭い突きに対して、シャルは防御することしかできなかった。

その姿にゴードン軍の士気が上がる。

そしてフィデッサーは槍を掲げた。

それを合図として、フィデッサーの後ろから五人の兵士が飛び出てきた。

彼らが構えるのはクロスボウ。

ただのクロスボウではない。

帝国軍の最新鋭兵器。〝試製回転式魔導連弩(れんど)〟だ。

数が少ないため、本陣に配備されていたが、フィデッサーは前線に出るときに連れてきていた。

強力な魔導師を仕留めるには生半可な攻撃では足りないからだ。

「くっ!」

シャルは危険を察知して雷の防壁を張った。

だが、お構いなしにフィデッサーは槍を振り下ろした。

「撃て!!」

短い矢がシャルの雷の防壁に幾度も襲い掛かる。

とんでもない連射速度にシャルはさらに魔力を防壁に込めた。

だが、そうなると周りへの警戒が疎かになってしまう。

矢が撃ち尽くされたとき。

シャルの防壁は何とか健在だった。

だが、シャルは気づかなかった。

空から迫る脅威に。

「よく立て直した。フィデッサー将軍」

そう言って空から急降下してきたのは、ローエンシュタイン公爵と対峙していたはずのウィリアムだった。

その槍が無防備なシャルに向けられる。

咄嗟にシャルは槍を逸らそうとするが、ウィリアムの突きはフィデッサーの突きとはわけが違う。

一瞬だけ受け止めることはできたが、勢いに押されて腕が弾かれた。

そして槍はシャルの胸に吸い込まれていく。

だが。

「レディへの礼儀がなっていないのでは？　ウィリアム王子」

その槍は横から剣によって弾かれた。

そこにいたのはノワールに跨ったレオだった。

「まずは自己紹介から始めないと嫌われますよ？」

「やはりお前とは決着をつけねばならんようだな！　レオナルト‼」

ニヤリと笑うレオに対して、ウィリアムも笑みを浮かべて槍を構える。

そして二人は空に上がって激突したのだった。

9

前線の様子がおかしいと感じたのは、少し前からだった。

ウィリアムが姿を見せなくなったのに、敵の士気がまったく落ちていない。それどころか士気は上がる一方だ。

後方に下がって指揮を執っているのかと思ったが、どうやら違うようだ。

「本陣を前へ。ローエンシュタイン公爵と合流する」

「はっ！　本陣前進！」

指示を出しながら俺は敵が取ったであろう行動に舌を巻く。

おそらく敵はさらりと高度なことをやってのけた。

「指揮官がいつの間にか変わったな」

「ウィリアム王子の代わりということは」

「ああ、ゴードンが本陣から出てきたんだろう。騎馬主体の北部諸侯連合軍に対してゴードンは相性がいい。一方、レオの軍には航空部隊がいるし、レオ自身も空を駆ける。ゴードンよりはウィリアムのほうが相性はいい」

そうは言っても敵に悟られずに指揮官が交代するというのは高度な芸当だ。

本陣から出てきたゴードンは、ウィリアムが途中までやっていた指揮を違和感なく引き継いだということだ。

他人がやっていたことの後を引き継ぐというのは難しい。

互いのやることをよくわかっていなければできない。

「腐っても親友か」

「では、レオナルト様のところにウィリアム王子が行ったということですな？　大丈夫でしょうか」

「平気だろ。相性という点ならレオにとって、ゴードンよりもウィリアムのほうがいい。バランスの取れた相手だからな」

そんなことを言っていると前線に到着した。

ローエンシュタイン公爵も何かおかしいと思ったのか、攻撃は止んでいる。

「公爵。ゴードンが出てきたぞ」

「やはりそうか……竜王子を縛り切れなかったか」

「総大将を引っ張り出したと考えれば悪くない」

ローエンシュタイン公爵に馬を寄せながら敵陣を見る。

すると、敵の兵士たちが歓声を上げ始めた。

こちらが前に出たのを察して、向こうも前に出てきたか。

「声を飛ばせるか？」

俺がそう問うとローエンシュタイン公爵は魔導師を呼んだ。

拡声の魔法はそこまで難しくはない。だが、戦場では魔力を節約しなければいけない。

ローエンシュタイン公爵にはまだまだ働いてもらう必要があるし、向こうもそのつもりなんだろう。

「準備できました」

「よし……久しぶりだな？　ゴードン。帝都以来か？」

俺の声が敵陣に届く。

それに対して声が返ってきた。

「ふん、相変わらず生意気だな？　アルノルト」

そう言ってゴードンが馬に乗って姿を現した。

その顔に浮かぶのは余裕。

どうやらまだまだゴードンとしては想定内の状況らしい。

「皇子として生きることを嫌がり、いつも皇子らしくなかったお前が、皇子として北部の諸侯をまとめるとはどういう風の吹き回しだ？」

「今でも皇子として生きるのは嫌いだ。俺はアードラーの一族らしくない男なんでね。だが、万を超える人間に死んで来いと命じるのに個人的主義を優先するわけにはいかない。俺はこの戦争が終わるまでは――アードラーらしくあろうと決めている」

アードラーには人を惹きつける魅力がある。

わかりやすい魅力だ。

それを馬鹿だなと思う俺もいる。だが、そんな馬鹿のほうが好きだという奴らもいる。

北部の諸侯もそうだ。

父上の現実的な判断によって、彼らは苦渋を舐めた。

だから夢を見せる必要がある。

そのためにアードラーらしくあるのが一番だ。

演じるのとは違う。

自分の側面を表に出すといったほうがいいか。

どこまでいっても俺は皇族。

不遜で強欲なアードラーの血が流れているのだから。

「アードラーらしくとはなんだ？」

「俺は諦めない。どんな困難でも必ず最良の結果を求め続ける。この戦争はアードラーの内輪もめだ。だからこそ、アードラーらしく決着をつける」

北部もまとめあげるし、戦争にも勝つ。レオにも手柄をあげさせるし、帝位争いが有利になるように立ち回る。

そして助けられる命は助けよう。

いつもレオがそうしているように。

「笑わせるな！　貴様らに待っているのは最良の結果ではない！　最悪の結果だ！」

「なら見せてみろ。自らが皇帝にふさわしいと反乱まで起こしたんだ。その器を示したらどうだ⁉」

「言われんでも示してやろう！　全軍！　攻撃準備！」

ゴードンはそう言って激しい攻撃を仕掛けてきたのだった。

■■■

「右翼後退！　敵の攻勢が強まっています！」

「左翼は善戦中！　押し込んでいます‼」

報告を聞きながら俺は目を閉じる。

頭の中で描くのは空から見た戦場。

今、空から見たらどうなっているのか。それを頭の中で完全に再現する。

「敵軍は山側に攻撃を集中させているぞ？　まだ後退させるのか？」

「まだ後退だ。中央本隊は現状維持。左翼はさらに前進させろ」

「何をする気だ？　このままいくと右翼を押し込まれすぎて、本隊の横を突かれるぞ？」

「そんなヘマはしない」

言いながら俺は敵陣を見てタイミングを見計らう。

狙いは敵が山側への攻撃に本腰を入れた瞬間。

こちらは右翼が押し込まれ、左翼が前進している。

左上がりの斜めを形成しているということだ。

まだこちらは陣形を保っているため、敵は本腰を入れてこちらを潰走させたい。だからどこかで山側に力を注ぐ。

そしてその瞬間が敵の最も脆弱になる瞬間だ。

「来い来い来い……」

敵の本陣を見ながら俺はそう呟く。

その声につられたのか、敵の本陣が少しだけ動きを見せた。

その動きを見逃すほど俺は甘くはない。

「山方面で待機中の第三陣に合図を送れ!!　敵の側面に突っ込ませろ!!」

「了解いたしました！」

こちらが左上がりの斜めになっているということは、敵の左翼は突出しているということだ。

本来、山に守られているはずの側面。その守りから出てしまっている。

そして騎馬主体の北部諸侯連合軍の最大の強みは突撃。

騎馬は走ってこそ。足を止めての攻防は得意ではない。

どうにかして突撃が生きる状況を作り出す必要があった。

そのために斜めの陣形を敷いた。敵が押し込んでくるように。

まんまとゴードンは引っ掛かり、山側に攻撃を集中した。ウィリアムならまだしも、ゴードンは俺への侮りを捨てきれていない。

だから罠(わな)の可能性を疑いつつも、行けるだろうと安易に攻めこんでくる。

その瞬間、敵の意識がこちらの右翼を突破することだけに注がれる。

だから横から突撃してきた第三陣への対応が大きく遅れた。

敵の横腹を突き、そのまま敵を蹂躙(じゅうりん)していく。

それに合わせて、俺は陣形を立て直して敵を押し込む。

「くっ！　撤退！　撤退しろ！」

「撤退できません！　後ろに友軍が！」

「なんだと!?」

敵の叫び声が聞こえてくる。

第三陣は下山してくる敵を牽制(けんせい)するための部隊だった。

それがいなくなれば、敵はチャンスと見て下山する。ずっとその機会を窺(うかが)っていたからだ。

だが、そうなると前線部隊が下がるスペースがなくなってしまう。

一時退(ひ)くということができないため、敵の陣形は乱れに乱れる。

そうなれば待っているのは殲滅だ。

敵の後方軍の先陣。それをさんざんに荒らしまわり、敵が大混乱に陥っているのを見て、俺は第三陣を一時下げる。

「公爵、兵に休息を。向こうは立て直しに時間がかかる。その間に休んでおこう」

「了解した。次はどうする気だ？」

「敵次第だな。もう安易には攻めてこないだろう。また睨み合いだろうさ」

「やはり戦況を決めるのは空か」

「ああ」

そう言って俺とローエンシュタイン公爵は空を見上げるのだった。

10

レオの軍の航空部隊は第六近衛騎士隊とグライスナー侯爵家の竜騎士団の混成部隊だった。

一方、敵は黒竜騎士隊を中心としたウィリアム直下の精鋭竜騎士団。

数の上ではウィリアム軍のほうが上であり、質という点でもグライスナー侯爵家の竜騎士たちよりも上。

それでも互角に戦えているのは第六近衛騎士隊がいたからだ。

竜騎士団を率いるカトリナはそんな状況に焦りを覚えるが、その焦りをなんとか抑え込む。

地上では一進一退の攻防が繰り広げられている。わかっていたことだ。

どれだけ上手く攻めても山を取られている以上、地上で敵に致命傷を与えるのは難しい。

結局は制空権がモノをいう。

だからこそ、カトリナは攻め急ぐようなことはしなかった。

「二人一組で戦いなさい！　一人墜ちるだけで周りの負担が増えるわ！　生き残ることを徹底しなさい!!」

指示を出しながら、自らも槍を振るう。

下から攻めてきた敵を迎撃するためだ。

上に抜けていく敵竜騎士を追いはしない。

グライスナー侯爵家の竜騎士たちは自らが劣ることをよく理解していた。だからこそ、挑発されても陣形は崩さず、深追いはしなかった。

全員の共通認識があった。

攻めるときは自分たちのエースが勝ったとき。

「フィンが戻るまで耐えるわよ！」

そう言ってカトリナは声を張り上げる。

そんなカトリナたちのさらに上。

交差する竜騎士が二騎いた。

フィンとロジャーだ。

開戦と同時に二人は一騎打ちを始めていた。

好きで一騎打ちになったわけじゃない。

二人の動きについてこれる味方がいないのだ。

必然、二人の一騎打ちになる。それはつまり、どちらかが墜ちれば戦況が傾くということだった。

「いつまでも一騎打ちというわけにはいかんのでな！」

フィンの雷撃を大剣で受け止めたロジャーは、突然そう叫ぶと真っすぐ突っ込んだ。

長引けば不利なのはロジャーだった。

二度の戦いでフィンはロジャーの戦いを理解しており、攻略するために腰を据えてゆっくりと攻めてきていた。

ロジャーがそう何度も魔導杖(じょう)を使えるわけがないと直感で見抜いていたからだ。

しかし、それもロジャーは承知していた。

あくまで魔導杖は手段の一つ。

それに頼りすぎるようなことはなかった。

だからロジャーが頼ったのは竜騎士としての技術だった。

真っすぐ突っ込んでくるロジャーに対して、フィンは距離を取りながら雷撃を放つ。

だが、ロジャーはそれを紙一重のところで避けて、どんどん距離を詰めた。

「くっ！」

「そろそろその首をもらうぞ！　フィン・ブロスト!!」

叫びながらロジャーは大剣を振るう。

それに対して、フィンは雷撃を大剣に向かって連射した。

振るった大剣が押し戻され、その間にフィンは大きく距離を取った。

そのままフィンは六二式をロジャーへ向ける。

「俺もやられるわけにはいかないんです」

「さすが好敵手！　だが、今のは二度も効かんぞ！」

攻めるロジャー、防ぐフィン。

この構図が変わることはない。

攻める側は何とか仕留めたいという思いを抱き、防ぐ側は焦燥にかられる。

フィンにとって時間をかけるということは、それだけ味方を危険に晒すということだった。

フィンがいないため、空の戦いは互角になっている。時間が経てばグライスナー侯爵家の竜騎士たちが墜とされ、不利に変わっていくだろう。

だが、フィンはその焦りを封殺した。

「焦るな……みんなを信じるんだ」

自分に言い聞かせるために呟く。

必ず機会はやってくる。

それまでは耐えるんだと心に決めていた。

自分が墜ちれば空の戦いは敵に傾く。そうなれば全体の戦況も敵に傾いてしまう。

焦りから安易な攻めをするのだけは避けなきゃいけない。

「来るよ、ノーヴァ」

「キュー！」

相棒に声をかけて、フィンはまた突撃してきたロジャーの迎撃に移る。

雷撃を放ちながらフィンは隙を探す。

そしてそれは唐突にやってきた。

「殿下!?」

ロジャーの視界にレオと戦うウィリアムが映ったのだ。

ロジャーはほんの一瞬。そちらに気を取られた。

その一瞬をフィンは見逃さなかった。

ロジャーの前からフィンとノーヴァが消え去る。

そして気づいたときにはロジャーは頭上を取られていた。

二人が戦い始めてから初めて。

攻守が逆転した瞬間だった。

「ちっ!!」

「はぁぁぁぁぁ!!」

大きな舌打ちをしながら、ロジャーは大剣を盾代わりに降下していく。

それに対してフィンは雷撃を連射しながら追っていく。

急降下中の戦闘。

フィンもロジャーも地面との衝突を考え始めなければならない高度になっても、攻防を繰り返していた。

一瞬の判断ミスが命に関わる。

それでもとフィンは必死に雷撃を放った。

こんなチャンスは二度も来ない。その確信があった。

「ノーヴァ!!」

「キュー!!」

フィンはさらに降下速度を上げる。

ロジャーはその行動に目を見開く。

ここからさらに速度が上がったというのと、上げたという自殺行為が信じられなかったからだ。

「勝利を焦ったか!」

ロジャーはギリギリのタイミングで降下をやめた。

だが、フィンはその横を通り過ぎるようにして雷撃を放つ。

決死の一撃。

それを避けることはロジャーにもできず、ロジャーは右足に雷撃を食らった。

「ぐうぅ!!」

不安定な飛竜の上でバランスを取るうえで足は大切だ。

これでロジャーは全力で動けない。

だが、その代償としてフィンは地面に激突する。

今からでは間に合わない。

そうロジャーは思っていた。

しかし、フィンは違った。

「アードラーの竜騎士を……舐めるなぁ!!」

通常の竜騎士ならば地面に激突するはずだった。

だが、フィンとノーヴァは無理やり真横に進路を変えた。

そしてフィンはゴードン軍の上をスレスレで飛んでいく。

そのままフィンは置き土産とばかりに拡散する雷撃をゴードン軍にお見舞いし、味方の軍の前で急上昇してみせた。

雷撃を食らったゴードン軍は動揺し、超絶機動を見たレオの軍はそれに歓声をあげた。

そして舞台はまた上空へ。

右足の感覚がなくなったロジャーは、それでもフィンを迎え撃ちに行こうとするがそれをウィリアムが引き留めた。

「やめておけ。ロジャー、その足では勝ち目がないぞ」

「勝ち目がなくとも……自分がやらねばならんのです」

「そう意地を張るな」

そう言ってウィリアムはロジャーと肩を並べる。

意図を察したロジャーは驚いた表情を浮かべたあと、豪快な笑みを浮かべた。

「なるほど。悪くありませんな」

「そうだろ？」

笑い合う二人の前にレオが現れる。

そしてそんなレオの隣に上昇してきたフィンがついた。

「やぁ、フィン。良い一撃だったね」

「光栄です、殿下」

「向こうは二対二をご所望のようだよ？」

「どんな形であれ、負けません」

「良い返事だ。兄さんが待ちくたびれる前に戦況を変えよう」

「はい！」

そう言って一騎打ちは二対二へと移行したのだった。

11

最初に仕掛けたのはウィリアムとロジャーだった。

前に出るのはウィリアム。ロジャーはその後ろから魔導杖を構えた。

足を痛めているロジャーに配慮した形だ。

それに対して、レオとフィンは双方動かなかった。

連携が取れていないわけではない。

相手はウィリアムとロジャー。幾度も同じ戦場を飛んできた戦友ともいえる二人が相手だ。

連携で勝負しようなどという考えはレオもフィンもなかった。

ウィリアムとロジャーの狙いは、散開したどちらかを狙い撃ちにするというもの。

だから二人は動かなかった。

「動かないというなら私が討つまで！」

そう言ってウィリアムが槍を突き出す。

レオはそれを正面から受け止めた。

「いつになく積極的ですね。ウィリアム王子」

「お前の兄が何かする前に決着をつけたいのでな！」

「ご安心を。僕の兄は何もしませんよ」

そう言ってレオは微笑む。

戦局の硬直。

それがアルの狙いと言っていい。

圧倒的優勢だったゴードン軍は動きを止められた。

地上で決着がつかないならば、空での戦いの重要性は増す。

そしてアルは空での戦いに負けるわけがないと思っていた。

レオを信頼しているから、ではない。

レオを信頼していても、ウィリアムに絶対勝てると思うほどアルは馬鹿ではない。空でのアドバンテージはウィリアムにある。

どこまで行ってもレオは経験に劣る。戦場ではそれがモノを言うことが多い。

だが、そんな経験不足も圧倒的戦力を持っていれば補える。

布石はすでに打たれていた。

「最強の竜騎士という称号はもはや連合王国のモノではありません」

「どうかな！」

幾度かの攻防のあと、ウィリアムはその場で愛竜を回転させる。

するとウィリアムの後ろからロジャーの火球が飛んできた。

ウィリアムとロジャーによる阿吽の呼吸。一つ間違えればウィリアムに当たってしまうタイミングでの攻撃だ。

火球を弾けばウィリアムに隙を見せる。かといって動けばウィリアムに背中を取られる。

だからレオは動かなかった。

すでにフィンが配置についていたからだ。

雷撃が真横から飛んできて、レオに向かう火球を相殺する。

隙を狙っていたウィリアムは、万全の状態でレオに槍を受け止められた。

そしてレオがニヤリと笑う。

「気を付けたほうがいい。空の常識はもう壊されているのだから」

いつの間にかウィリアムとロジャー、どちらにも射線が通る真横に移動していたフィンはそこから雷撃を連射する。

接近戦のできないフィンを孤立させるために、ウィリアムは突撃した。

間違いなく、レオが受けて立つとわかっていたからだ。

接近していればフィンの雷撃は怖くないと思っていた。レオに当たることを恐れるはずだと。

だが、その心配はフィンにはなかった。

アルが現れるまで、フィンも遊んでいたわけじゃない。

六二式を使いこなすために練習をし続けた。

何度も何度も撃ち続けた。

ノーヴァの全力運動中でも的を外さないほどの精度。

それを求めて。

十分すぎるほどの活躍をした。それで満足することもできた。それでも努力を重ねた。

六二式を受け取ったとき、フィンは感謝を口にした。だが、アルは感謝はいいと言った。感謝で勝てるわけじゃないと。

その時からフィンは決めていた。

この恩は戦功で返そうと。

だから自分に満足はしない。より強く、より高みへ。

一人で戦局を左右できるほどの竜騎士になろうと決めていた。

そんなフィンの雷撃が雨のようにウィリアムとロジャーを襲う。

「くっ!!」

二人は雷撃を弾きつつ後退する。

なんとか距離を取って、移動しなければやられるという判断だった。

しかし、フィンの雷撃は止まない。

二人とも防戦一方だった。

「殿下!!」

なんとか状況を打破しようとロジャーが火球をフィンに向かって放つ。

だが、雷撃の雨の前で一発の火球など焼石に水だった。

フィンの邪魔をすることもできず、雷撃によって相殺されてしまう。

「これほどまでかっ!!」

ウィリアムは雷撃をなんとか弾きつつ、レオの姿を探す。

この雷撃の雨。それに気を取られた瞬間、レオが攻撃を仕掛けてくるはず。

そう思いながらウィリアムはレオの姿を探す。

だが、どこにもレオはいなかった。

「死角かっ！」

ウィリアムは愛竜を反転させて後ろを見る。

そこにレオはいた。

しかし、ウィリアムのほうへ詰め寄る素振りは見せていない。

ロジャーとウィリアムの後方に回り込んだだけだった。

雷撃の雨の中に入るのは、さすがにレオといえど危険と判断したからだ。

「殿下!!　レオナルトは囮(おとり)です!!」

ロジャーは雷撃を弾きながらそう叫ぶ。

三度もフィンと戦っているロジャーは、雷撃に慣れていた。

足を怪我(けが)していても大剣で防ぐことはできた。

だが、ウィリアムは違う。集中しなければ雷撃を弾けない。

それがわかっているからレオは後方に回り込んだ。

ウィリアムがレオを警戒し、雷撃への対応を疎(おろそ)かにすると踏んでいたからだ。

そして実際にそうなった。

気づいたウィリアムは迫る二つの雷撃のうち、一つを片手で弾く。

そして残る一つ。

だが、それは今までの雷撃とは違った。

収束された雷撃。

威力は通常の雷撃以上。

それを片手でウィリアムは弾こうとしてしまった。

「ぐっ⁉　うおおぉぉ‼」

必殺の一撃。

それをウィリアムは何とか逸らすことに成功した。

自らが持っていた槍を手放すことで。

ウィリアムにとって戦場で槍を手放すのは屈辱以外の何物でもなかった。だが、そうしなればば雷撃の餌食だった。

そして隙を突いてくるだろうレオの餌食にもなっていた。

「簡単にやられると思ったか⁉⁉」

ウィリアムは腰の剣を抜き、見もせずに接近してきたレオの一撃を防いだ。

ウィリアムとレオの視線が交差する。

しかし、そこはレオの間合いだった。

レオはウィリアムの剣を巻き込むと、そのまま上へ撥ねあげた。

収束する雷撃を弾いた時点でウィリアムの握力はなくなっていたからだ。

「その首――もらった!!」

レオの一撃がウィリアムの首を狙う。

やられたとウィリアムですら思った。

だが、その一撃はウィリアムには当たらなかった。

「殿下ぁぁぁぁ!!」

ロジャーがウィリアムの飛竜に体当たりをして、その体で剣を受け止めたのだ。

深々とロジャーの横腹にレオの剣が突き刺さる。

しかし。

「捉えたぞ!!」

ロジャーは自らの大剣をウィリアムに放り投げ、空いた両手でレオの剣を掴む。

もはやロジャーの体は満身創痍だった。

ウィリアムを庇いに行ったロジャーをフィンが見逃すはずがない。

雷撃を何発も食らいながら、ロジャーはウィリアムを庇ったのだ。

そして止めの一撃をウィリアムに託した。

「お構いなく!!」

「許せ!!」

ロジャーはレオを道連れにする気だった。

一言で察したウィリアムは躊躇わない。

ロジャーごとレオを斬る気で大剣を振り下ろす。

だが、そんなウィリアムにまたも体当たりをする者がいた。

フィンだ。


雷撃で止まらぬロジャーを見て、フィンは真っすぐレオの下へ駆けつけていたのだ。

耐えられるとわかっているなら、接近するまで。

接近はしてこないと思っていたフィンが突撃してきたことで、ウィリアムはバランスを崩す。

「やらせるか!!」

「邪魔を、するな!!」

だが、すぐに立て直してフィンとノーヴァを愛竜の尻尾の一撃で吹き飛ばす。

元々小柄なフィンとノーヴァは接近した状態では、大きさの差で弾かれてしまう。だから戦場では使えないと判断していた。

しかし、その突撃が時間を稼いだ。

雷撃ならば耐えるだけだった。しかし、ゼロ距離から放たれたらまずいとウィリアムは咄嗟に判断して最大の好機を逸した。

ウィリアムの目にロジャーの体から剣を引き抜いたレオが映る。

だが、まだウィリアムのほうが早い。

崩れ落ちるロジャーを見ながら、ウィリアムは気合と共に大剣を振り下ろした。

「勝つのは――我々だぁぁぁぁ!!!!」

多くの犠牲を払ってきた。

理不尽なこともあった。納得できないこともあった。

そのたびに〝それでも〟と歯を食いしばってきた。

すべては友のために。友に勝利を届けるために。

レオを討てば敵は崩壊する。いくらアルでも立て直せない。

ここが勝利の分かれ目だとウィリアムは体中の力をかき集め、大剣に込める。

一方、レオはその一撃に対して意外な対応を取った。

跳んだのだ。

自らの鷲獅子（グリフォン）であるノワールを土台として、ウィリアムの飛竜へと。

すると大剣の間合いからレオは外れてしまう。

大剣から片手を離し、何とか引き戻そうとするが、レオは飛竜の首に着地して再度跳んだ。

「あなたたちの想（おも）いはわかる。だけど、兄さんと組んで負けるわけにはいかないんだ!!」

そう言ってレオはウィリアムとすれ違い様に剣を振るう。

肩から横腹への斜めの斬撃。

内側に入られたウィリアムは成す術（すべ）がなかった。

「がはっ……」

血を吐き、ウィリアムはそのまま前のめりに倒れる。

だが、そんなウィリアムを守ろうと愛竜がレオから距離を取った。

足場のなくなったレオは空中に投げ出されるが、それは予想済み。

「ノワール!!」

レオは落ちながらノワールの名を呼ぶ。

ノワールはレオが呼ぶ前に傍(そば)まで来ており、早く乗れと言わんばかりの顔をしている。

苦笑しながらレオは手綱を握り、ノワールに跨(また)がる。

そして体勢を立て直すと、フィンも駆けつけてきた。

「ご無事ですか!?」

「なんとかね。だけど、確実に仕留めたわけじゃない」

傷は軽くない。

それだけの手ごたえはあった。だが、確実というほどでもない。

だからこそ、追撃をかける場面だった。

だが、ロジャーとウィリアムを庇うようにして多くの竜騎士が立ちはだかった。

「殿下と隊長を山へ退避させろ!!　時間を稼ぐぞ!!」

「お二人を必ず助けろ!!」

空で第六近衛(このえ)騎士隊やグライスナー侯爵家の竜騎士たちと戦っていた竜騎士たちだ。

そして追撃をかけるレオたちと、守る竜騎士たちの戦いが始まったのだった。

第三章 ゴードン

1

空の戦いに動きがあった。

レオとフィンがウィリアムを追い詰めたのはわかる。

山に退避する竜騎士団とそれを追撃するレオたちという構図になっているからだ。

しかし詳細はわからない。

「優勢なのは変わらないが、仕留めたのかどうかだな」

「あの竜騎士団の奮戦を見るかぎり、仕留めてはおらんだろうな」

ローエンシュタイン公爵の言葉に俺も頷く。

竜騎士団は必死にレオたちの追撃を防いでいる。

何騎墜ちようと決死の粘りを見せていた。

あれは主君を守るための行動だ。

「殺りきれなかったか……」

「残念そうだな？　山に退かせただけでも十分だと思うが？」

「追い詰められた竜騎士団は底力を見せる。怪我ならば治療するという選択肢が残ってしまう。向こうが前線に出ているうちに討ちたかった」

「理想だな」

「ああ、理想さ」

もはや言ってもどうにもならない。

最高の結果とは言えないが、戦線を支えていたウィリアムが山に退いたならば戦局はこちらが優勢となる。

「この機を逃すのももったいないか……公爵、敵に圧力をかける」

「承知」

そう言ってローエンシュタイン公爵は前に出ていく。

後方軍にはゴードンがいる。

ウィリアムの敗戦は伝わっているだろうが、そこまで動揺は走っていない。

だが、前方軍は違う。

落ち着かせるためにゴードンに動かれても面倒だ。

ここで攻勢に出させてもらおう。

「中央を軸に右翼前進。敵がこちらの側面に逃れようとするのだけは阻止しろ」

そう指示を出して、俺は敵の動きに目を光らせるのだった。

■■■

後方軍に圧力をかけ始めてから、しばらく経った頃。

一騎の竜騎士が川の上を飛んで、俺たちのところにやってきた。

「お手柄のようだな？　フィン」

「すべて殿下のおかげです」

そう言って白い竜騎士、フィンは俺の前で膝をついた。

主戦力であるフィンをこちらに送るとは。

レオは山の本格的な攻略は諦めたな。

「レオナルト殿下より伝令です。敵将ウィリアム、黒竜騎士隊隊長ロジャー、敵の主力である二人は重傷を負って、山に撤退。しかし、敵の竜騎士団が粘り強い抵抗を見せて、追撃は上手くいきませんでした。レオナルト殿下は山にいる軍を釘付けにして、地上軍に攻勢をかけるつもりだということです」

「了解した。こちらもタイミングを見計らって攻勢をかける」

ウィリアムが重傷となれば、連合王国の兵たちは山の堅守に意識が傾く。そうなれば山と地上を分断したようなもんだ。

山からの援護が薄くなれば、ゴードンは挟撃されているだけだ。

劣勢は免れない。

あとはその状況でゴードンがどう動くか。

山の軍を動かすにしても、指揮系統がめちゃくちゃだからゴードンが山に行かないかぎりは難しいだろう。

しかし、そんなことをしたら地上軍は崩壊しかねない。

ウィリアムが戦線離脱したことで、ゴードンは手が足りなくなった。

「追い詰めた結果、何が出てくるかな？」

「はい？」

「こっちの話だ。レオはお前のことは何か言っていたか？」

「はい。アルノルト殿下の下に戻れということです」

「山の押さえだけにお前を使うのはもったいないからな」

本格的に攻略する気ならフィンは不可欠だが、押さえているだけなら第六近衛騎士隊とほかの竜騎士で事足りる。

フィンの力は攻めでこそ輝く。

そして攻めの力がいるのはこちら側だ。ゴードンが指揮を執っているし、戦力も少ない。

向こうには猛者が何人もいる。フィンがいなくても突破できるという判断だろう。

「ほかに報告は？」

「それが……ここでよろしいでしょうか？」

「……下がるぞ、セバス」

「かしこまりました」

俺はフィンとセバスと共に後方に下がり、騎士たちに話が聞こえない場所で話を再開した。

「それで？　どうした？」

「はい。これはまだ内密にとヴィンフリート様から言われていることです。実は、早々に前線を離れて、レオナルト様の軍の側面に布陣していたホルツヴァート公爵家がレオナルト様につくと使者を出してきたようです」

「ホルツヴァート公爵家らしい立ち回りだな」

ウィリアムがやられたのを見て、好機と判断したか。

抜け目ないことだ。

「それでヴィンは？」

「証拠を求めました。それで向こうが提示したのはエリク皇子の命令書だったそうです。ゴードンにつくフリをして、情報を流せという命令書です」

「ホルツヴァート公爵家の真の主はエリクか。まぁ妥当だな」

驚きはない。

勢力争いを生き残り続けたホルツヴァート公爵家がゴードンにつくというのは不自然だった。ゴードンにつくしかないという状況でもない。

エリクの差し金ならば納得だ。

エリクが最初から指示していたという証明があり、エリクが庇うならば功労者として迎えられる。直接戦って大きな損害を出したわけでもないしな。

エリクとしても直接戦争に関与していなくても、自分の手柄を示せる。

最初から自分の手のひらの上でした、という流れを作る気だろう。

「自分の手は汚さず、高みの見物をしながら手柄は持っていく。狡い手を使うな」

人のことを言えないが、相当性格が悪い。

これでレオは戦争に勝つだけじゃ圧倒的な戦功とは言えない。エリクのことだ。すでにホルツヴァート公爵家のことは父上に伝えているはず。

宰相あたりが情報を受け取っていたんだろう。

俺たちが北部にいたとはいえ、中央がそこまで焦っていなかったのは敵の内情がわかっていたから。

この終盤での裏切りといい、大きな手柄だ。

「どうされますか……？」

「どうもできんよ。ヴィンも何もできないだろうさ。側面にいる敵が裏切るっていうんだ。受け入れて損はない」

「しかし、帝位争いに関わるのでは？」

「関わるにしても、今はこの戦争に勝つことが大切だ。それに気に食わないって理由で味方を貶めるわけにもいかない。できれば前線に出して死んで来いってやりたいだろうが、ホルツヴァート公爵家はレオの軍の側面にいる。すでに敵を押し込んでいる以上、今から前線に出すとすれば味方の間を抜けることになる。さっきまで敵だった軍が、だ。無駄な混乱を呼ぶ。だからホルツヴァート公爵家に任せられるのは山への押さえくらいだ」

ウィリアムが逃げないように山の後方を押さえておけと言うしかない。

勝手に動かれても困るし、こちらが待機と言っても聞きはしないだろう。

そして山の後方は、この場面ではもっともお零れが転がりこんでくる可能性が高い。

敵の逃走ルートだからだ。

危険もあるが、疲弊した軍と元気な軍。逃走する軍と待ち受ける軍。優勢なのは後者だ。

「まぁ……レオがゴードンを討てばそれで済む話だけどな」

「レオナルト殿下も同じことを言っていました。自分がゴードンを討つと」

「そういうことならやることは単純だ」

「敵を追い詰める、ですね？」

「そうだ。フィン、お前は空からこちらの援護だ。無理して突っ込む必要はない」

「かしこまりました。ですが……単騎で敵に損害を与えてこいと言われれば、やってみせます。まだまだ疲れてもいません」

「わかっている。だが、俺の上にいろ。お前が必要なときが必ず来る。その時、全力で駆けてもらう」

そう言って俺は苦笑した。

フィンはなぜか意気込んでいるが、できればフィンを使うような事態にはなってほしくない。

俺が予想した通りの展開になるということは、俺の兄が落ちるところまで落ちるということだ。

できれば潔く死んでほしい。

だが、それが叶わないだろうなという直感もある。

だからわざわざ帝都から持ってきたのだ。

「セバス、あれの準備を」

「やはり使用しますか……」

「不満か？」

「独断で持ってきたうえに勝手に使うとなると……叱責は免れません」

「覚悟の上さ。父上も成果を出せば文句は言わない」

「だといいのですが……」

セバスはため息を吐きながら後方に下がっていく。

向かうのは俺が技術大臣の失敗作を詰め込んだ馬車。

失敗作の数々は本命を隠すためのモノ。

本命は馬車の二重底にある。

「さてと、じゃあ行きますか」

そう言って俺は全軍に攻勢を命じたのだった。

2

北部で決戦が行われている頃。

帝都でも異変が起こっていた。

突如としてあちこちで火の手が上がったのだ。

「俺の店が!!」

「馬鹿野郎!　死ぬ気か!」

「私の子がどこにもいないの!?　どこ!?」

「中に子供がいるようだぞ!!」

店や民家。

場所はバラバラだが時間は一緒。

同時に上がった火の手に帝都は大混乱となった。

その混乱を収拾するために皇帝ヨハネスは近衛(このえ)騎士隊を向かわせた。

だが、事態は彼らが到着する前に動きを見せた。

帝剣城の隠し部屋にいるアルの曾祖父、グスタフは帝都の混乱を察知して、帝都の上空に浮かんでいた。

「やれやれじゃのぉ……」

見るからに陽動。

しかし陽動でありながら火の手があちこちに移りやすい場所を選んでいる。

わかっていても全力で火を止めに行かなければ帝都が被害を被ってしまう。

帝都のことをよく知っている者の仕業だ。

アルの予想通りなら第四妃が仕掛けた罠だろう。

こちらに戦力を割けば皇帝の護衛が薄くなる。

しかし、それでも皇帝の護衛がいなくなるわけじゃない。

「今代の皇帝は大変じゃの。皇太子が死に、妻や子供たちに裏切られる。儂だったら政務を投げ出しておるわい」

そうは言いつつ、きっと自分が皇帝だったならば世捨て人にはなっていないだろうと確信もあった。

皇帝とは民を見捨ててはいけない。

多くの者の想いを背負って玉座を勝ち取った。妻に裏切られようが、子供に裏切られようがそれを手放すことはあってはならない。

玉座は譲られるモノではなく、勝ち取るモノ。

ゆえに皇帝は諦めない。

それまでに大きな対価を払っているからだ。

「皇帝仲間として、ちと手伝ってやるかの」

曾孫(ひまご)との約束もあると言いながらグスタフは自らの姿を幻術で変化させた。

黒い服を身にまとった銀仮面の男。

帝国のＳＳ級冒険者。

シルバーがそこにいた。

その手に魔力を集めながらシルバーに扮(ふん)したグスタフは笑う。

「久しぶりじゃの。魔法を使うのは」

すでに体を失っているグスタフに魔力を作り出す力はない。

使うのは本に込められたアルの魔力。

アルに古代魔法を教えているときは、アルの魔力を使って見本を見せていたが、アルが一人立ちしてからはその機会もなくなっていた。

グスタフ自身も魔法の研究に忙しかったし、そちらのほうが好きだった。

それでも外で魔法を行使するのは新鮮ではあった。

《降り注げ、神秘の雨よ――・ミスティック・レイン》

発動したのは広域に雨を降らせる魔法だった。

しかし、雨雲もなく雨は突如として出現する。

魔法だと知らない者から見れば不思議な雨だった。

帝都全体に降り注いだその雨は瞬く間に火を消し去っていく。

「雨だ！　雨が降ったぞ！」

「火が消えていく!!」

「子供は無事だぞ!!」

帝都のあちこちで歓声が上がる。

そして多くの民が不思議な雨がどうして降ったのかと疑問に思いながら、上を見た。

その目に映るのは空に浮かぶ一人の魔導師。

「シルバーだ！」

「シルバーが助けてくれたぞ!!」

民の歓声を聞きながらグスタフは微笑む。

歓声が嬉しかったわけじゃない。

古代魔法の評判は最悪だった。

それを歓声が沸くほどまでに持ち直したのは、アルがシルバーとして精力的に動いたからだ。

苦労を惜しまず、民のために動き続けた。

自分の弟子の成果を確認できたグスタフは、満足しながらその場から転移で消えたのだった。

■■■

「シルバーが動いてくれたか……」

玉座に座る皇帝ヨハネスは、突如として降り出した雨を見ながら呟く。

そんなヨハネスがいる玉座の間は扉が開け放たれていた。

火災が起きた時点でヨハネスが護衛を下げて、扉を開けておいたのだ。

「被害が出るのを恐れてあえて侵入ルートを開けていたか」

そんな扉から入ってきたのは赤い髪の女性、第四妃ゾフィーアだった。

その手には昔からの愛剣が握られていた。

話をしに来たわけではないのは一目瞭然だった。

「やはりお前か……そんなにワシが憎いか？」

「憎悪などとうに捨てた。最初の頃は恨みもした。退屈な後宮によくも閉じ込めたな、とな。

しかし、今はそんなことはどうでもいい」

そう言ってゾフィーアはゆっくりとヨハネスに近づいていく。

だが、そんなゾフィーアの前に立ちふさがる人物がいた。

「アリーダ騎士団長……やはりこなたの相手はそなたか」

「残念です。ゾフィーア様。あなたを剣士として尊敬していたのですが」

「尊敬か……その若さで帝国の近衛騎士団長にまで上り詰めたというのに謙虚なことだ」

そう言いながらゾフィーアはゆらりと体を倒す。

すると、次の瞬間。

アリーダの懐に潜り込んでいた。

甲高い音が玉座の間に響く。

ゾフィーアの剣をアリーダが受け止めたのだ。

「お見事な剣技です」

「簡単に止めておいてよく言う」

ゾフィーアにとってアリーダはあり得たかもしれない自分と言えた。

後宮に入らず、剣の道を歩み続ければ近衛騎士団長も夢ではなかった。

しかし、その道は父と皇帝によって阻まれた。

その時点でゾフィーアは自分という存在は死んだという認識を持っていた。

妃として皇子を産んだ。武人としてゴードンも育てた。

だが、それは求められたから。

自分がやりたかったわけじゃない。

唯一、自らの剣の腕を磨き続けることはやめなかった。

活かす場など来るわけがない。皇帝の妃と戦う剣士などどこにもいない。

よしんば暗殺者が現れたとしても、ゾフィーアの下にたどり着く前に仕留められてしまう。

このまま自分の腕が腐っていくのをただ待ち続ける。それが定めかと諦めかけたとき、帝位争いが巻き起こった。

ゾフィーアはこれをチャンスと捉えた。

「妃として襲撃を仕掛けても、そなたは本気では戦えまい。だから謀反人になってからやってきた。存分にその剣を振るってくれ」

「そのような理由で反乱に加担したのですか？」

「好きなように剣を振るえる者からすれば、こなたの願いなど大したことはないだろう。だが、こなたにとっては大事なのだ。なぜ剣を磨く？　なぜ剣術を極める？　自らの力を証明するため。強敵を倒すためだ」

　磨き続けた剣を振るう場所をゾフィーアは探し求めていた。

　妃という立場に邪魔されず、強敵と戦える瞬間を待っていたのだ。

　このためだけにゾフィーアはここに来た。逃げることなど考えてはいない。

　ここで死ぬ気だった。

　皇帝を暗殺しようとするのは、そうすればアリーダが出てくるとわかっていたから。

「さぁ……存分に殺し合おう!!」

　そう言ってゾフィーアは剣を振るう。

　それをアリーダが受け止め、攻防が始まった。

　神速の一撃が飛び交うが、二人ともそれをいとも簡単に受け止めていく。

　剣に生きる者なら固唾をのんで見守る決闘だ。

　しかし、それは長くは続かなかった。

「そこまでだ。ゾフィーア」

　現れたのはエリクだった。

周りを固めるのは近衛騎士隊長たち。

ゾフィーアが来るとわかっていたため、あえて出払ったフリをしたのだ。

「エリクか……皇国との交渉はどうした？」

「すでにまとめた。東部国境守備軍は北上の準備を始めている。この内乱、貴様らの負けだ」

「興味がないな。こなたにとって勝敗など何の意味もない」

「そうか。ならば大人しく捕まれ」

「あくまで邪魔するというのか？」

「そうだ」

返事をした瞬間。

ゾフィーアはエリクに接近していた。

しかし、周りにいた近衛騎士隊長たちがそんなゾフィーアを阻む。

囲まれるのを避けるため、ゾフィーアは扉に退く。

そのせいでアリーダとの間に複数の近衛騎士隊長がいる状況になってしまった。

雑魚ならばいざ知らず、隊長クラスが複数。

いくらゾフィーアでも突破するのは難しかった。

だが、ゾフィーアの援軍も到着した。

「一人で先走るからっすよ、母上」

「やっと来たか、コンラート」

そう言って現れたのは手勢を率いたコンラートだった。

ゾフィーアとコンラートは別行動をとっていた。

ゾフィーアは一人で城に侵入し、コンラートは手勢を率いて城の隠し通路を使って侵入していた。

合流地点にいるはずのゾフィーアがいないため、コンラートは慌てて援軍に駆け付けたのだった。

「エリクたちを抑えるのだ。こなたはアリーダと戦う」

「了解っす」

そう言ってコンラートは手勢に近衛(このえ)騎士隊長の足止めを命じた。

連れてきたのは精鋭中の精鋭。相手が近衛騎士隊長でも時間稼ぎくらいはできる。

ゾフィーアは無防備になったエリクを仕留めようとするが、それを前に出てきたアリーダが阻止した。

二人の剣が幾度もぶつかりあう。剣が頬(ほお)をかすり、血が垂れていく。それをゾフィーアは笑顔で受け入れた。

久方ぶりに生きているという実感を味わえていたからだ。

「帝国近衛騎士団長……その首を飛ばしてこなたは自らの力を証明してみせよう!!」

そう言ってゾフィーアは剣を突き出す。

だが、その剣はアリーダによって受け止められる。渾身(こんしん)の一撃もどこか余裕をもって受け止められているのを感じ、ゾフィーアは顔をしかめる。
若く、多くの任務をこなしているアリーダのほうが強いのだ。
その事実にゾフィーアは落ち込まない。
ならばそんな剣士と戦って死ぬまでのこと。
自分の技量を使い果たし、成す術がなくなった状態で死ぬならば。
剣士として本望。
そんな風に思ったゾフィーアは背中に激痛を感じ、動きを止める。
「ぐふっ……」
血が口からあふれ出る。
見れば胸から刃が生えていた。
殺気はなかった。いくらアリーダと戦っていても、殺気があれば気づく。
無感情に刺されたのだ。
後ろを振り向き、ゾフィーアは憤怒の表情を浮かべた。
「コン……ラート……!!」
「いやぁ……死ぬなら一人で死んでほしいっす。母上」
そう言ってコンラートはニヤリと笑うのだった。

3

「ぐぅ……おのれ……母を裏切るか……！」

血を吐き出したゾフィーアは叫ぶ。

しかし、コンラートはどこ吹く風だった。

連れてきた精鋭はすでに近衛騎士隊長たちに拘束されている。

ゆっくりとコンラートはエリクの下へ歩いていき、ゾフィーアのほうへ振り返る。

「母だと思ったことなんて、一度もないっすよ。母親らしいことをしたことってあるっすか？」

ゴードンと違ってコンラートはゾフィーアの手で育てられたわけじゃない。

ゴードンを武人として育てていたゾフィーアは、第二子であるコンラートには無関心だった。

だからコンラートにとってゾフィーアは母と呼べる存在ではなかった。

「そなたを産んだのは……こなただぞ……」

「だからどうかしたっすか？」

「このっ……！　ぐぅ……こなたのたった一つの望み……剣士として死ぬことすら許さないというのか……!?」

「被害者ぶるのはやめてほしいっすね。自分の本望のためにどれだけ犠牲を出したと思ってるっすか？　強敵と戦って死にたいなら出奔して、一人でSS級冒険者に挑めばいいんっすよ。

ゴードン兄上に反乱をそそのかし、自分は父上を狙った。結局は復讐心と過去へのこだわりが消えなかっただけっすよね？」

「後ろからの不意打ちをした卑怯者が講釈か……」

「戦場で不意打ちを受けるほうが悪いっすよ。オレは母上の息子である前にアードラーっす。帝国皇子としてやるべきことやっただけっすから、むしろ誇らしく思ってほしいっすね」

そう言いながらコンラートはエリクに視線を移す。

エリクは静かに頷くと一言告げた。

「ご苦労」

「まったくっすよ。疲れたっす」

「コンラート……最初から……裏切っていたのか……？」

「裏切りなんて言い方やめてほしいっすね。母より父親と兄を選んだだけっす」

「恩知らずめ……そなたが唆したか!!」

そう言ってゾフィーアはエリクに剣を投げつける。

だが、それはアリーダによって弾かれる。

力なく転がる剣を見て、ゾフィーアは血を吐く。

そして力なく床に倒れこんだ。

そんなゾフィーアの視線に皇帝の顔が映りこむ。

「ゾフィーア……」

「お前を妻に迎えたいと言ったとき……ワシは言ったはずだ。嫌ならいいと」

「断れば……ほかの北部貴族を娶る……こなたはローエンシュタイン公爵の娘だ……自分が嫌だからと……他者に押し付けはしない……」

そうだ。

かつてはそうだった。

北部貴族のために自分を捨てると決めた。

なのに、いつからかそれが変わってしまった。

どうしてこうなったのか。

そんな後悔を抱きながらゾフィーアはそっと目を閉じたのだった。

「……」

「お亡くなりになりました」

「……死体は片づけておけ」

そう言ってヨハネスは疲れたように玉座に座り込む。

そんなヨハネスの前にコンラートが静かに膝をついた。

「情報を流すためとはいえ、反逆者に与したこと。お許しください、皇帝陛下」

「よい……最初からエリクに聞いていた。ご苦労だった」

「体面の問題があります。処罰をお与えください」

「憐れむな……」

「……ならばしばらく謹慎しておれ。この問題は終わりだ。ワシは疲れた」

そう言ってヨハネスは深く息を吐く。

だが、コンラートは畏まった態度を引っ込めて、別の話題を出した。

「じゃあ疲れているところ悪いんっすが、報告があるっす」

「なんだ？」

「ゴードンは魔奥公団と繋がっているっす。その魔奥公団は南部の人攫い組織と繋がっていたようっすね」

「今更、何も驚かん」

「それが……子供を兵器として使う用意があるそうっす。元々、南部で悪魔が現れたのは軍の強硬派が人攫い組織に虹彩異色の子供を利用した兵器を依頼したからっす。そしてその強硬派ってのはゴードンっす」

コンラートの言葉にヨハネスは顔をしかめた。

南部で起きた問題が北部にまで尾を引いている。

子供を利用した兵器という言葉におぞましさを感じつつ、ヨハネスは訊ねた。

「防ぐ方法は？」

「わからないっす。ただ先天魔法の暴走っすから、対策はあると思うっす」

「皇旗か？」

横で聞いていたエリクが呟く。

それにコンラートは頷いた。

「魔法ならば魔力がなければ使えん。発動前に打ち消されれば、膨大な魔力を消費する。それで防げるやもしれんな」

「陛下。私が皇旗を北部に運びます」

そうエリクが申し出た。

だが、そんなエリクたちのやり取りにアリーダが水を差した。

「陛下」

「なんだ？　アリーダ」

「私からもご報告が。実は——皇旗はすでに北部に持ち込まれています」

「……なん、だと……？」

さすがのヨハネスも目を見開く。

国宝の一つだ。厳重に宝物庫に保管されていたはず。

トラウゴットが持ち出せたのは、皇子であったというのと城の中を移動させただけだったから。

「どういうことだ？」

「アルノルト殿下が出発前に必要になるからと持ち出されました。技術大臣と使える物がないかと宝物庫をあさっているときです。技術大臣の作品のいくつかは宝物庫にあったので」

「待て待て……どうやって持ち出した？　警護には近衛騎士が……」

言いながらヨハネスは気づく。

なぜアリーダがそれを知っているのか、と。

「私が見逃しました。北部で必ず必要になるとおっしゃられたので」

「儂への報告はどうした……」

「口止めを受けていましたので。どこから情報が漏れるかわからない、と」

「それでは……皇子と大臣と近衛騎士団長が共謀して国宝を持ち出したのか？　どういう意味かわかっているのか？」

「重々承知しています。ですが、実際に必要となりました。ちなみに、アルノルト殿下の言い訳ですが、陛下のお手間を省くだけ、だそうです」

「あの馬鹿息子め!!　お前もキューバーもだぞ!?　アルノルトに戦功がなければ罰する!!」

「承知いたしました」

言いながらアリーダの表情は変わらない。

この展開を最初から読んでいたアルが戦功をあげられずに終わるわけがないからだ。

戦功がなければ罰せられるのは子供でもわかる。

皇帝を黙らせるだけの戦功はしっかり残すだろうとアリーダは思っていた。

皇旗は強力だが、皇族にしか使えない代物で使える場所も限られる。万が一、必要がなくても帝国にとっては損失にはならない。

アリーダとキューバーは帝国に必要な存在。遠ざけることはヨハネスにはできない。

叱責と罰はアルに集中する。

それがわかるからヨハネスは苛立っていた。

アルのニヤリと笑う姿が思い浮かぶ。

「まったく……誰に似たのやら」

言いながらヨハネスはため息を吐くのだった。

■■■

決戦場であるオスター平原。

そこで優勢に戦を進めていたのはレオナルトとアルノルトのほうだった。

全体の崩壊を避けるため、ゴードンは本陣まで下がって指揮に回っていた。

だが、そのせいで後方軍も敵の攻勢を抑えきれなくなり、ゴードン軍は前方と後方で劣勢に立たされていた。

そんな中、ゴードンは魔導師を呼び出した。

「お呼びですかな？」

「……あれを使う」

「かしこまりました」

恭しく一礼して魔導師は準備に取り掛かった。

それを見ながらゴードンは全軍に山への退避を命じた。

「勝つのは……この俺だ！」

4

ゴードン軍が山への退避を開始しているという伝令を受けて、レオは本陣に待機させていた精鋭部隊を先陣に送り出した。

敵が山に登り切る前にできる限りの損害を与えるためだ。

「やれやれ……やっと出番か」

そう言って前線に現れたのはずぶぬれのジークだった。

戦の中盤。川を泳いで敵本陣に潜入できるのでは？　という思いつきで流れの速い川に飛び込み、おぼれかけたからだ。

「大物ぶるのはやめなさい。川に放り込みますよ？」

「ひどい⁉」

ジークの横では不機嫌そうなリンフィアがいた。

本来、ジークが本陣に待機してリンフィアは早々に前線に向かうはずだった。

しかし、ジークが動けなくなったため、リンフィアも本陣待機になっていたのだ。

「戦場ってのは嫌だねぇ……みんなピリピリしすぎだっての」

「あなたが落ち着きすぎなだけですよ」

自らの生死が懸かった状況ではピリピリしても仕方ない。

強者ならいつもどおりに振る舞える。

だが、そんな強者は一握りだ。

そんな会話をしていると二人は最前線に到着した。

これ以上は行かせないとばかりに、敵が防陣を敷いていた。

長槍を構え、集団密集している。

「リンフィア。よく来てくれたわ」

「シャルロッテ様」

前線で指揮を執っていたシャルは、リンフィアの姿を見つけて声をかける。

その顔には大粒の汗が浮かんでいた。

前線でずっと雷魔法を放ち続けたため、シャルは魔力をかなり消耗していた。

「大丈夫ですか？」

「なんとか平気よ。ただ、少し休憩したいわ」

「わかりました。あの防陣は我々で突破します」

そんな会話をしていると、ジークがタオルを持ってやってきた。

そしてシャルに向かってジャンプする。

「シャルロッテ嬢ー!!　汗拭いてあげるー!!」

「あなたの相手は向こうです」

「あー⁉⁉」

シャルに向かってジャンプしたジークは、空中でリンフィアに掴まれて敵陣に放り投げられた。

放物線を描いて、ジークは敵の防陣の後ろに落ちていく。

突然落ちてきた熊によって敵に動揺が走った。

それを見逃さず、リンフィアは剣を槍に変化させて、ゆっくりと防陣に向かっていく。

「全員、私の後ろに。巻き込まれないようにコントロールはできないので」

そう言いながらリンフィアは槍をグルグルと回し始めた。

変わった音が聞こえるわけじゃない。しかし、防陣を支えている兵士たちの瞼がどんどん落ちていく。

極限の緊張状態だ。眠りほどではないが、敵が目の前にいるのに集中できないでいた。

そしてリンフィアはそんな兵士たちを槍で切り裂いていく。

元々、実力に差があるのに眠気に襲われている状態では勝てるわけがない。

防陣に穴が空く。だが、その穴を埋める役割を担う後ろの兵士たちはそれどころではなかった。

「てぇぇぇえりゃ‼」

槍を振り回し、ジークは後方にいる兵士たちをなぎ倒していく。

まず熊が槍を扱えるという点に驚き、その熊が恐ろしいほど強いということに恐怖する。そしてその恐怖に押されて攻撃しても、小さな体に攻撃を当てるのが難しすぎることに絶望する。

ジークによって防陣の後方は荒らしに荒らされていた。

四方から飛んでくる武器をジークは軽い身のこなしで躱し、見事な槍捌きで敵を沈黙させていく。

その流れにリンフィアも加わった。

二人は敵陣の中央。

四方を敵に囲まれた状態でありながら、敵の攻撃をものともしない。

そして二人に気を取られた隙を見逃すシャルではない。

精鋭部隊を率いて、シャルは敵の防陣を突破した。

そのままシャルは部隊を率いて敵の前線を抜く。

しかし、すでに残っているのは前線の殿部隊だけであり、前線の先はもぬけの殻だった。

「まだ山を登っている途中のはずよ！　周囲を偵察！」

指示を出しながらシャルは敵本陣に足を踏み入れた。

その瞬間。

本陣の中から赤い光が天に上ったのだった。

それを見て、シャルは目を見開く。

その現象は魔導師の魔力暴走に近い。しかし、それとはどこか違うようだった。

「全員下がりなさい!!」

異変に対処するためにシャルは光に向かいつつ、周りにいた偵察兵を下げた。

魔力暴走ならば兵士にできることはないからだ。

そしてシャルは光を発する天幕を見つけた。

慎重にその天幕を開けると、そこにはシャルを絶句させる光景が広がっていた。

「嘘……」

「うー……」

そこにいたのは十人ほどの子供だった。

目隠しと猿轡。

そして十人が拘束具によって一緒に連結されていた。

満足に食事もさせてもらっていなかったのだろう。体はやせ細っている。

すぐに助けようとするが、再度赤い光が天に上る。

それは先ほどよりも大きい物だった。

「暴走が共鳴している……？」

見ただけでわかるほど、子供たちは高い魔力を持っていた。

その中で最も大きな魔力を持つ小さな男の子が暴走している。周りはそれに共鳴しているようだった。

「一人に対して周りが共鳴し、暴走を増幅させているのね……」

分析したシャルは拘束具に触れようとする。

だが、その行動に対して子供が反応して、さらに大きな赤い光が上がってしまう。

刺激すれば今にも爆発しかねない。そんな様子だった。

シャルは周囲を見渡す。

何か情報がないかと思っての行動だった。

だが、そこでシャルは山に巨大な結界が張られていることに気づいた。

「……自爆兵器として使う気ね……」

すでにレオとアルの軍はほとんど前線を突破してしまっている。

今から軍を撤退させるのは至難の業だ。

ここで巨大な魔法が発動すれば、両軍ともに絶大な被害を受ける。

シャルは背中に冷たい汗を感じながら、必死に頭を巡らせた。

だが、どう考えても救う手段が思いつかない。

子供たちは暴走し、怯え切っている。

近づくだけで引き金を引いてしまうだろう。

そんなシャルの前で暴走している男の子の目隠しが外れた。

それを見て、シャルは決心した。

「全軍に告ぐ！　私の名はシャルロッテ・フォン・ローエンシュタイン！　敵本陣に罠がある
わ！　できるだけ遠くに撤退を！」

そう拡声魔法で告げると、シャルは天幕に雷の防壁を張った。

救うことはできない。ならば現実的判断をするしかない。

少しでも被害を抑えるのだ。

だが、シャルの全力の防壁でも防ぎきることはできないだろう。

だからシャルは自分ごと天幕を防壁に取り込んだ。

暴走である以上、暴走している者が意識を覚醒させれば止めることはできる。

ギリギリまで言葉をかけ続けるつもりだった。

ただ、自分ごと防壁に取り込んだのは別の意図もあった。

「ごめんね……助けてあげられなくて……」

謝罪を口にしながらシャルは男の子を見つめる。

暴走しているせいで、視点は定まっていない。

だが、その目は虹彩異色（オッドアイ）だった。

幾度も話には聞いていた。虹彩異色の子供が攫（さら）われるという事件があちこちで起きていると。

シャルは先天魔法こそ備えていなかったが、高い魔力を持ち、魔法の資質を持っていた。

強力な貴族の娘だから無事だったのだ。

自分にあったかもしれない可能性。子供たちに自分を重ねてしまったシャルは、その場で逃げるという選択肢を取れなかった。

「大丈夫だよ……もう大丈夫だから……」

声をかけても覚醒しない。

それでもシャルは声をかけ続けたのだった。

■■■

「先天魔法を持つ虹彩異色の子供を暴走させて、その周りを増幅魔法を持つ子供で固めておきます。すると暴走した先天魔法が増幅されるというわけですな」

「南部では失敗したと聞いたが？」

「あれは完全な暴走ですし、召喚魔法を増幅させたのが失敗でした。今回暴走させているのは爆発系統の魔法です。戦場を包み込みますよ、爆発が」

喜々としてゴードンに語るのは魔導師だった。

今回の罠の仕掛人にして、魔奥公団(グリモワール)の関係者。

ゴードンの下に派遣され、ゴードンが所望した魔導兵器を用意した。

「使い捨ての兵器だ。威力は保証するのだろうな？」

「もちろんですとも。それに増幅魔法を持つ子供というのは珍しくありません。一人一人が強い能力を持つ必要がないというのが、あの兵器の利点でしてね。我々はあれを魔導爆弾と呼んでおります」

そう言って魔導師はさらに特徴を話し続ける。

人を人とも思わない話し方だった。

ウィリアムがこの場にいれば激高して切りかかっていただろう。

それを理解しているから、ゴードンはウィリアムが離脱するまでこれを使うことはしなかった。

いくらゴードンでも子供を兵器利用するという行為には不快感を覚えていた。

それでもそれに手を染めた。

「どれほど汚い手を使おうと、勝たねばならんのだ。戦果がすべてを帳消しにしてくれる」

負ければすべてを失う。

だからゴードンは確実を期すために本陣がよく見える開けた場所に立っていたし、そこから本陣の動きを見逃さなかった。

「ローエンシュタイン公爵の孫娘を放置していいのか？」

「問題ないでしょう。子供たちは恐怖に支配されておりますから」

「万が一がある。始末しにいけ」

「……よいでしょう。こちらの魔導師を向かわせます」

そう言って魔導師が慇懃無礼（いんぎんぶれい）な態度で一礼したとき。

戦場全体に声が響いた。

「俺が行く。諦めるな」

その声を聞いてゴードンは眉をひそめたのだった。

5

「全軍に告ぐ！　私の名はシャルロッテ・フォン・ローエンシュタイン！　敵本陣に罠があるわ！　できるだけ遠くに撤退を！」

声を聞いたとき、ローエンシュタイン公爵は馬上で荒い息を吐いていた。

その右手は胸を押さえている。

「公爵！　シャルロッテ嬢が！」

「わかって……いる……！」

なんとか答えながらローエンシュタイン公爵は、ぼやけた視界を治すために何度も頭を振る。

老体の身で前線に出て、幾度も魔法を使った。その疲れからか、病の発作が迫りつつあった。

まだ早い。

まだ終わるわけにはいかない。

自分の体にそう言い聞かせながら、ローエンシュタイン公爵は馬を前に進める。

だが、その軽い揺れに耐えることができなかった。

馬上でバランスを崩し、ローエンシュタイン公爵は馬から落ちかけた。

近くにいた家臣が慌てて支える。

「公爵⁉」

「はぁはぁ……」

「いかん！　発作だ！　公爵を後方へ!!」

「やめろ……いかねばならん……」

「そのお体では無茶です!!」

そう言ってローエンシュタイン公爵は家臣によって馬上から降ろされた。

そのまま家臣は後方に運ぼうとするが、ローエンシュタイン公爵は必死に抵抗した。

「儂は……下がらん……！」

「命に関わります！」

「命など、捨てている!!」

「せめて症状が落ち着くまでお待ちください！」

「落ち着いている間に孫娘が死ぬ!!　罠があるのになぜ雷の防壁が本陣に張られている……!?

シャルロッテはまだあそこにいるのだ！」

ローエンシュタイン公爵は這ってでも前に進もうとするが、満足に体が動かない。

呼吸が上手くできず、視界が曇っていく。

今ほど自分が情けないと思ったことはなかった。

本陣に向かって手を伸ばし、届かないことを知って心が軋む。

それでもと思う気持ちに体がついてこない。

だからローエンシュタイン公爵は声を張り上げた。

「誰でもいい！　シャルロッテを救え！　救ってくれ！　儂とツヴァイク侯爵の孫娘を！」

雷神と呼ばれ、多くの敵兵を地獄に送ってきた。

病はその罰だと思っていた。

自分は殺しすぎたのだ、と。

だが、シャルは違う。

虹彩異色として生まれ、周りとの差異を感じながら育った。それでも真っすぐ育ってくれた。

それなのに同じ病に侵された。

早くに両親を失い、敬愛する祖父も失った。

そして残った自分ももう逝く。

せめて幸せにと思っていた。

それなのに。

こんな結末が待っているなんて。

認めない。断じて。

そう思いながら、ローエンシュタイン公爵はなんとか前に進もうとする。

その時、声が聞こえた。

「俺が行く。諦めるな」

その声を聞き、ローエンシュタイン公爵は前に進むのをやめた。

代わりに体を震わせる。

そして家臣に対して呟いた。

「……掲げよ」

「はい？　な、何をですか⁉」

「双剣旗を掲げよ……！　殿下の出陣だ……！」

そう指示を出しながらローエンシュタイン公爵は力を振り絞って、馬を支えとして立ち上がったのだった。

■■■

「怖くないわ……みんな一緒よ……」

防壁の中でシャルはずっと語りかけ続けていた。

そんなシャルを排除しようと本陣に大勢の魔導師が現れた。

その数は見えるだけで二十を超えていた。

一体、どこにそんな数の魔導師を隠していたのか。

一人一人の質も悪くない。

戦線に投入すれば跳ね返すこともできただろうに。

シャルはそんなことを思いながら、防壁ごしに魔導師たちを睨む。

「これはあなたたちの仕業？」

「いかにも。それは我らの作品だ」

一人の魔導師がそう答えた。

その答えにシャルは怒りをあらわにした。

「作品？　子供を何だと思っているの⁉」

「道具だが？」

考えることもせず、魔導師はそう自然に返してきた。

自分の考えに一切疑問を持っていない証拠だ。

狂っている。

そう思いながら、シャルはまずいと思い始めていた。

狂っているからこそ、行動に迷いもない。

魔導師たちはシャルの防壁に手を向けた。

魔法でシャルの防壁を破る気なのだ。

「その程度の防壁で防げるものではないが、威力を抑えられても困るのでな」

そう言って魔導師たちは魔法の詠唱を開始する。

だが、その詠唱は即座に中断された。

「ジーク様、華麗に参上！」

「なにぃ⁉」

空から降ってきたジークは、魔導師の頭の上に着地すると、近くにいた魔導師の首を切り裂き、自分が着地した魔導師の首も刎ねた。

瞬時に二人がやられた。

そのことによって魔導師たちの標的がジークに切り替わる。

だが、その間にもう一人がやってきていた。

「ご無事ですか？　シャルロッテ様」

「リンフィア……どうして……？」

「そうだ！　なぜここにいる⁉　爆発に巻き込まれるぞ⁉」

どれくらいで限界に達するのか。

その情報を持っている魔導師たちとは違う。

ジークたちにとってここは死地のはずだった。

だが。

「諦めるなと言われましたので」

「打てる手はないわ！　早く逃げて！」

「坊主はそうでもないみたいだぜ？」

魔導師と戦っていたジークがリンフィアの横に一度退いてくる。

そして二人は武器を構えた。

「アル様は策もなしに前には出ません」

「その策が通じるかわからないわ！　今からでも全軍を下がらせて！　彼も止めて！」

「止めて聞くなら苦労はしねぇよ。どっちもな」

そうジークが言った瞬間。

空から黒い鷲獅子（グリフォン）が舞い降りた。

「馬鹿な！　総大将まで⁉」

「前に出ないと気が済まない性分でね」

そう言ってレオは驚く魔導師を斬った。

そして戦いが始まった。

数の上ではレオ達が不利だが、互いに背中を守りながら魔導師たちの数を減らしていく。

そして一人の魔導師だけが残された。

黒いローブを被（かぶ）った魔導師、ゴードンの傍（そば）にいた魔導師だ。

「驚きですよ。レオナルト皇子」

「何がだい？」

「その愚かさが、ですな」

「よく言われるよ」

そう言いながらレオはノワールから降りて、ゆっくりと魔導師に向かう。

魔導師は黒い影を鞭（むち）のように操って、レオに向かって攻撃するが、それをレオは一撃で斬り飛ばした。

魔法を斬るという行為に魔導師は目を見開くが、それでも余裕は消えない。

「大したものだ……だが、あなたには止められない」

「知っているよ。僕に打つ手はない」

「では、なぜ来たと？　総大将が死ねば軍も道連れですぞ？」

「だろうね。けど、僕の兄は打つ手があるようだ」

「ただの蛮勇ですよ。誰も助けられはしない」

「それはどうかな？　僕は兄を信じてる」

「出涸らし皇子を信じると？　自分の命の重さがわかっていないようですな」

そう言って魔導師は魔法を発動させる。

レオの周囲を黒い影が覆う。

そして四方からその影が襲い掛かった。

「馬鹿め！　出来損ないの兄を信じるからこうなるのだ！」

「よかったね。相手が僕で」

「なにぃ……？」

レオは無傷で黒い影を突破した。

そして魔導師の懐に潜り込む。

「エルナが相手だったら痛い思いをして死んでたよ。兄さんを馬鹿にされるの、嫌いだからね」

「くっ！　どうせ道連れだ！　山の結界に入れない貴様らに逃げ場はない！」

「僕は兄さんを信じてる」

そう言ってレオは魔導師の首を斬り飛ばした。

シャルの周りの敵を排除したレオは、ゆっくりとシャルのほうに近づいていく。

「殿下……」

「もうすぐ兄さんが来る。それまで待っていよう」

「なら、せめて殿下だけはお下がりください！」

「今更だよ」

笑いながらレオは答える。

そんなレオたちの耳にゴードンの声が届いた。

「全将兵よ！　アルノルトを止めるのだ！　決して前に進ませるな！　この作戦が成功すれば、勝利は我らのモノとなる！　我らはアードラーの軍！　欲しいものは奪おうではないか！　勝利も国も略奪者らしく奪っていこう!!」

そう言ってゴードンはアルを止めるために動き出したのだった。

6

「全軍に告ぐ！　私の名はシャルロッテ・フォン・ローエンシュタイン！　敵本陣に罠(わな)があるわ！　できるだけ遠くに撤退を！」

シャルの声を聞き、俺は空を見上げる。

空で待機していたフィンが急いで降りてきていた。

俺は近くの魔導師を呼びつける。

「拡声できるか？」

「すぐにできます」

「そうか、じゃあ届けてくれ」

魔導師が拡声魔法を使ったのを確認し、俺は深呼吸して言い放った。

「俺が行く。諦めるな」

詳しく指示を出している余裕はない。

あとはそれぞれの判断に任せるしかない。

「フィン！　俺を連れて飛べるな？」

「飛ぶだけならなんとか！」

「よし！　真っすぐ戦場を突っ切れ！」

言いながら俺は地面に着地したノーヴァの後ろに跨る。

小型なノーヴァに二人も乗るというのはかなり無理がある。

戦闘はまず無理だろう。

だが、これが一番速い。

「アルノルト様。どうぞ」

セバスがそう言って旗を俺に渡す。

宝物庫からくすねてきた皇旗だ。

予想通りならこれでどうにかなる。爺さんは先天魔法も魔法だって言ってたしな。

「それじゃあ行ってくる」

「いってらっしゃいませ」

一礼するセバスに見送られ、ノーヴァはフィンと俺を乗せて空に羽ばたいた。

だが、すぐに俺は文句をつける。

「高度を上げるな！　低く行け！」

「ですが、敵の反撃が来ます！」

「気にするな。俺が動くなら護衛も動く」

そう俺が言った時。

ゴードンが拡声魔法で号令をかけた。

「全将兵よ！　アルノルトを止めるのだ！　決して前に進ませるな！　この作戦が成功すれば、勝利は我らのモノとなる！　我らはアードラーの軍！　欲しいものは奪おうではないか！　勝利も国も略奪者らしく奪っていこう!!」

いかにもゴードンらしい号令だ。

だが、その号令を受けて山から多くの竜騎士が出撃してきた。

作戦の内容もよくわかっていないだろう。

ただ勝つために本陣を守ろうとしている。

彼らとしてはウィリアムが負傷した以上、頼れるのはゴードンしかいない。

そのゴードンが勝利に直結すると言っているんだ。そりゃあ守りに来るだろう。

「殿下！　敵の竜騎士が来ます！」

「止まるな。真っすぐ飛べ」

「狙い撃ちにされますよ⁉」

「安心しろ。飛んでいるのは俺たちだけじゃない」

俺たちの行く手を阻もうとしていた竜騎士たちだが、火球の集中砲火を受けて大部分が撤退を余儀なくされていた。

「露払いはお任せを、殿下」

「頼んだ、ランベルト隊長」

「殿下も空の旅をお楽しみください」

そう言って第六近衛(このえ)騎士隊のランベルトは快活な笑みを浮かべ、竜騎士たちとの戦闘に加わった。

空から第六近衛騎士隊が続々と降下して、敵の竜騎士団の足を止めている。

「指示もしてないのに……」

「指示がなくても皇族を守るのが近衛騎士隊だ」

一々指示を待っていたら皇族の護衛など務まらない。

独自の判断で行動できる力量があり、その権限を与えられているのが近衛騎士隊だ。

彼らに指示など必要ない。緊迫した状況ならなおさらだ。

「殿下！　ですけど、敵の弓隊が！」

「狙ってるな、俺たちを」

低空で飛んでいる俺たちに対して、敵の弓隊が狙いをつけ始めていた。

竜騎士では止められない以上、弓隊が頼みの綱だ。

ゴードンの号令を聞いて、周辺の弓隊が続々と集まっている。

本陣前で俺たちを撃ち落とす気だろう。

俺を乗せているノーヴァでは躱せない。

「このまま突っ切ります！　それでいいんですね⁉」

「学習したじゃないか。進路変更なしだ。急いで駆け抜けろ」

俺の言葉を受けて、フィンはどうにでもなれとばかりに弓隊が待ち受けるルートに向かって真っすぐ突き進む。

だが、そんな弓隊の横から猛スピードで突っ込む黒い鷲獅子がいた。

「構え！　よく狙え！」

「ま、待て！　横だ！　横を見ろ‼」

猛スピードで突っ込んできた鷲獅子は、弓隊を文字通り弾き飛ばしていく。

騎馬以上の速度だ。

無防備な側面から突っ込まれたら一たまりもない。

そんなことをしている間に、俺たちは弓隊の上を通過して敵本陣に入った。

ノーヴァは地面に足を突き立てて、地面を削りながら減速する。

荒っぽい着地だ。

だが、間に合った。

「よくやった。竜騎士フィン」

「きょ、恐縮です……」

無事であることにフィンは安堵の息を吐いている。

そんなフィンに苦笑しながら俺はノーヴァの背中から降りる。

すると、俺の横に黒い鷲獅子が着地する。

「やぁ、兄さん。遅かったね」

「大好きな睡眠をやめて駆け付けてやったんだ。むせび泣いて感謝しろ」

一か月以上ぶりの会話だ。

それでも俺とレオは変わらない。

互いに笑いながらシャルがいる場所まで近づく。

「よう、シャル。大変そうだな？」

「逃げて……もうこの子たちは限界なの……」

「知ってるさ。これは二回目だからな」

南部でも同じことが起きた。

結果的に子供たちは無事だったが、それは奇跡以外の何物でもない。

シルバーとして悪魔は討伐できた。だが、子供たちが助かったのはリンフィアの妹が周りの子供たちごと球体に取り込まれていたからだ。

それはただの偶然。

悪魔の討伐が成功しても、多数の子供が死んでいたかもしれない。

そういう意味では俺は間に合わなかった。

だが、それを悔いても仕方ない。

あれ以上の結果はどうあがいても難しかっただろう。

なにせあんなことが起きるなんて誰も予想できなかった。

しかし、だ。

「二回目なら対策の立てようもある」

子供たちの魔力が高まっていく。

すぐに発動させて解放してやりたいが、こちらも発動できるのは一度だけ。中途半端に発動して、暴走が続きますじゃ話にならない。

発動は一時。範囲全域の魔法を打ち消す。できれば一定時間持続させたいが、広範囲で持続させたら俺の血だけじゃ足りない。

だから勝負は一瞬だ。

そんな俺にゴードンの声が届く。

「皇旗を持ち出したところで無駄だぞ！　アルノルト！　その暴走は打ち消せん‼」

その言葉に俺はニヤリと笑う。

そして左に立つレオへ視線を送る。

心得たとばかりにレオは拡声魔法を使ってくれた。

「試したことがあるのか？」

「通常の魔法ではないのだ！　やらなくてもわかる！」

「だから見識が狭いんだ。世の中にはやってみなくちゃわからないことだらけだぞ？　そういう風に決めつけるから帝都でルーペルトに後れを取るんだ」

「やかましい！　やるというならやればいい！　命を賭ける覚悟があるのか⁉」

「それで脅しているつもりか？　命なんてとうの昔に賭けている」

そう言って俺は旗を掲げる。

旗に書かれているのは黄金の鷲。

国宝〝皇旗〟。

皇族の血によって発動する古の宝具。

「よく覚えておけ――アードラーは二度も奇跡には頼らん」

自らの庇護下に置いた民を必ず守るとアードラーは決めている。

その命が危険に晒されるたびに奇跡を願っていてはキリがない。

奇跡は一度まで。二度目は入念な対策で乗り切る。

守るというのはそういうことだ。

「皇旗――発動!!」

子供たちの魔力が臨界点に達したとき。

俺は皇旗を発動させた。

紐が俺の腕に巻きつき、俺の血を吸っていく。

そして光が一帯を包み込んだ。

眩い光が周囲のすべてを覆い、すべての視界を奪う。

発動範囲は戦場全体。

魔力が大量に込められた俺の血を使えば、その程度は余裕だ。

視界は中々晴れない。

だが、周囲の音は消えていない。

それは吹き飛んでいないということだ。

ゆっくりと視界が戻ってくる。

俺の目の前にはシャルが驚いた表情で座り込んでいた。

その近くでは子供たちが倒れている。もちろん息もしていた。

最高の結果を見て俺はニヤリと笑うのだった。

7

「生きてるの……？」

「みたいだな」

呟くシャルに俺は答える。

シャルはハッとして、子供たちに駆け寄った。

かなり衰弱しているようだが、命に別状はなさそうだ。

シャルはホッと息を吐く。

そんなシャルの横を通り過ぎて、俺は前に進む。

正直、血が足りなくて倒れそうだ。けど、まだやることはある。

戦場は混乱していた。

低空を飛行していた飛竜がことごとく落下してきたからだ。

飛竜たちは飛行するのに魔力を使う。それを消されれば、当然飛行にも影響が出る。

第六近衛騎士隊は俺が皇旗を使うと察知して、かなり上空に逃れていたせいか、影響は受けていない。こちらの竜騎士たちも同様だ。

だから今この瞬間。

空でも地上でも優位はこちらにある。

仕掛け時ということだ。

「シャル。俺の声を届かせられるか？」

「うん」

「それじゃあ始めてくれ」

混乱はこちらにもある。

だから混乱を鎮めつつ、意識を敵に向けなくちゃいけない。

「どうだ？　ゴードン。お前の切り札は無力化したぞ？」

「……殺せ！　全軍！　アルノルトたちを殺せ！　奴らの周りは手薄だぞ！」

そうだ。

俺たちは無理やり少数で敵の殿部隊を突破して、この敵本陣にやってきた。

俺たちの両側にはまだ敵の殿部隊が残っているのだ。俺たちを包囲するには十分な数がいる。

だが。

「戦場にいる全ての将兵に告げる。先ほど何があったか説明しよう。敵本陣には虹彩異色の子供が複数人拘束された状態で魔力暴走していた。意図的な暴走だ。同じようなことが帝国南部でもあった。子供を道具として組み込んだ魔導兵器だ。それを俺たちは帝国の国宝〝皇旗〟で打ち消した。成功していなければ今頃、ここは大惨事だっただろう」

「デタラメだ！　騙されるな！」

「別に信じないならばそれでいい。だが、見捨てられた殿部隊はよく考えろ。知らずに協力した竜騎士もよく考えろ。貴様らに大義はない。普遍的なことを教えてやろう。人は子孫に血を繋ぎ、発展する生き物だ。ゆえに子供は未来だ。その子供を利用し、食い物にすることは未来を使いつぶすということだ。構わないというなら掛かってこい。それを容認する者を俺たちは認めない！」

殿部隊は動かない。

罠が発動しかけたのはわかったはず。詳細はわからずとも、自分たちが見捨てられたのは理解しているだろう。

本来、殿部隊とはそういうものだ。

中には自分たちの命を賭けていた者もいるだろう。だが、命を賭けた代物が非人道的兵器では報われない。

咄嗟に上昇して影響を回避した敵の竜騎士たちも戸惑っているようだ。

敵の嘘なのかどうか。判断しかねているんだろう。

「よくもまぁ、そこまで嘘を並べられるものだな!? 全将兵よ！　惑わされるな！　敵の奸計だ！」

「では、何を使おうとした？」

「なにぃ？」

「使えば勝利が約束される罠は一体、何だった？　俺たちは一体、何を阻止し、殿部隊は何のために戦った？　嘘だと言うなら説明してみろ」

「貴様に説明してやる必要はない！」

まぁ確かに俺にはないだろう。

だが、戸惑う味方を統率するためには必要だ。

咄嗟に妙案が出てこなくて、誤魔化(ごまか)さざるを得ないんだろう。

適当なことを言えば嘘がバレる。

「他者への配慮に欠け、自分中心で物事を捉える。力で奪い、力で従える。周りの声を聞かず、周りが従って当然と考える。はっきり言ってやろう。お前は皇帝には向いていない」

「貴様に何がわかる⁉　アードラーは略奪者の一族だ！　あらゆるものを奪ってきた！　その王ならば俺こそがふさわしい！」

自らの正当性を語りだしたか。

馬鹿めが。

今、ゴードンがすべきなのは自分の正当性を語ることではない。

混乱するすべての部下を落ち着かせることだ。

如何(いか)に自分が皇帝にふさわしいか。それを語られても困るだけだろう。

それになにより――アードラーの解釈が間違っている。

「確かにアードラーは略奪者の一族だ。奪われていくのに耐えきれず、自らが奪ってすべてを庇護しようと考えた。黄金の鷲の羽の下にいるすべての民を守ると誓って、積極的にその羽の下に多くを取り込んだ。それは否定できない事実だ。だが、アードラーの在り方はお前の言うようなものじゃない」

「貴様がアードラーを語るか⁉」

「俺もアードラーだからな。教えておいてやる。アードラーの神髄は〝心服〟だ。自らの在り方で心と誇りを得る。力で脅して屈服させるなど二流。心を奪うのが略奪者としてのアードラーだ。貴様こそアードラーを語るな、ゴードン」

話し合いが通じない相手には侵略もした。

だが、常に大義を意識して動き続けた。

そんなアードラーに膝を折った者たちもたくさんいた。

すべてを力で奪ったわけじゃない。

掲げる理想と在り方で味方を得てきた。

二者択一の状況で、片方は力で奪い、片方は言葉で奪う。それがアードラーだ。

力ですべてを奪うという考え方はアードラーではない。

力も必要。言葉も必要。

当たり前のことだ。どちらかだけでは駄目なのだ。

「それが正しいことだったのかはわからない。だが、アードラーは略奪し、多くを庇護下に置いた。そしてアードラーは略奪したすべての守護者であり続けた。危急の臣下がいれば駆け付け、助けてみせる。理不尽に晒される臣下がいれば、違うとその理不尽を跳ね返してみせる。断じて！　子供を使った兵器を使わないし、そんな兵器のために部下を見捨てはしない！　自国に反旗を翻し、守るべき民に災禍をまき散らすお前がアードラーなどとは認めない！　皇帝にふさわしいと言うなら！　ブレない信念くらいは見せてみろ!!」

そう言うと俺は皇旗を高く掲げる。

ゴードンによく見えるように。

「ゴードンに与する兵士たちよ！　少しでも自分たちが間違っていると思うならば今すぐ降伏せよ！　子供を犠牲にした先に守る未来があると信じるならばその場で震えていろ！　今から全軍でその首を取りに行く！　帝国軍、北部諸侯連合軍に所属するすべての者よ！　怒れ！　憤れ！　感情を爆発させろ！　その感情は正しい！　この大陸で敵を許す者などいないのだから！」

そう言って俺は皇旗を傾ける。

レオが剣を持ち、旗と交差するように掲げた。

同時に両軍で双剣旗が掲げられた。

兵士たちの士気が最高潮まで高まる。

そんな彼らに俺たちは許しを出した。

「『双黒の皇子が命じる！　逆賊を討て！』」

俺は皇旗を、レオは剣を。

前に振った。

それを合図にして全軍での攻勢が始まったのだった。

最も先に動いたのは北部諸侯連合軍。

先鋒を行くのはローエンシュタイン公爵だ。

その先鋒でローエンシュタイン公爵は雷を纏った拳を掲げる。

そして。

「──殿下のためにぃぃぃぃ!!!!」

双剣旗と共に敵軍に向かっていったのだった。

8

「さてと」

「坊主！　坊主!!」

とりあえず指示を出すかと思っていると後ろからジークに声をかけられた。

振り向くと、そこには目を瞑ったジークがいた。

「さっきの噂に聞く魔法を消す国宝だろ!?　俺の姿は戻ったか!?」

「自分の目で確かめたらどうだ？」

「いやいや！　どうなんだよ!?」

「期待していいぞ」

「本当か!?　戻って──ないっ！」

その場で熊の姿のまま倒れこむジークに俺は苦笑する。

淡い期待だったな。

「よかったな。まだまだ子供に人気のままだぞ」

「俺は美女に人気が出てほしいんだよ！」

「諦めろ。この皇旗は魔法を打ち消す。それで戻らないってことはお前にかけられたのは魔法じゃない」

「なんだよー、もうー」

ジークは倒れこんだままふてくされてしまう。

ある程度予想していたことだ。古代魔法にも一時的ではなく、長期間にわたって対象を別の物に変化させる魔法はない。

魔法でない以上、皇旗では打ち消せない。

それは病も同様だ。

「体調はどうだ？　シャル」

「普通よ。期待してないから平気」

「そうか……」

シャルの病は母上と同じもの。

どこまでいっても病だ。皇旗で消せれば苦労しない。

シャルもそこまでショックは受けていない。それよりも子供たちが助かったことの安堵のほうが多そうだ。

シャルはそのまま子供たちの世話を始めようとするが、俺はそれを制した。

「まだ動けるなら行け」

「え……？」

「雷神ローエンシュタイン公爵の最期の戦闘だ。傍で見ておかないと一生ものの後悔だぞ？」

「でも……子供たちが」

「ジークがいる。子供の護衛はジークと決まってる」

「決まってねぇよ！　けど、美人のお願いなら引き受けようかな！」

人間に戻れなかったせいか、ジークのテンションは変に高めだ。

やけくそ気味だが、仕事はしてくれるらしい。

なんだかんだ子供に優しいからな。

「うん……わかった。ありがとう」

そう言ってシャルは立ち上がって走り始めた。

山への攻勢となる。馬での侵攻は限られる。徒歩で行くほうがいいだろう。

「シャルの護衛を頼めるか？　リンフィア」

「はい。お任せください」

そう言ってリンフィアも一礼すると、シャルの後を追おうとする。

そんなリンフィアに俺はニヤっと笑いながら声をかけた。

「そういえば帝都から俺の呼び方はアル様になったみたいだな？」

「そ、それは……一度呼んだので戻すのも変かと思いまして……皆さんもそう呼んでいますし。お嫌でしたら改めます」

「いいさ、親しみが感じられる。その調子でレオも愛称で呼んだらどうだ？」

「それはちょっと……」

「兄さんはいいのに僕は駄目なの？」

「そ、その……考えておきます！」

そう言ってリンフィアは逃げるようにしてシャルの後を追って行った。

そんなリンフィアを見ながら、俺とレオは笑い合う。

だが、戦はまだ終わっていない。

いつまでも笑ってはいられないのだ。

「じゃあ僕も行くよ」

「決着をつけに、か？」

「うん。敵の総大将を討たなきゃ戦は終わらない。ましてやこれは反乱だからね。旗印を討たなきゃいけない」

「そうか……」

今更ゴードンにかける情けなどない。

心配なのは兄弟をその手にかけて、レオが気に病まないかどうかだ。

ザンドラ姉上の時とは違う。

自分の手にかけるのだ。

そんな俺の心配に気づいたのか、レオは微笑む。

「大丈夫だよ。そんなにやわじゃないから」

「そうだったのか？」

「大丈夫だって。辛くてどうしようもないなら、レティシアに泣きつくから」

「……なぁ、ジーク。こいつ、しばらく会わない間に嫌な奴になったな？」

「だろう!?　それは俺も思ってた！　自分は周りとは違うみたいな態度取りやがって！　聖女をモノにしたのがそんなに偉いのか!?　羨ましいな！　この野郎!!」

後半は心の声が駄々洩れだ。もっと言えと言いたい。

まぁ他人に頼れるだけ進歩と言うべきか。

相手が聖女レティシアというのがこれまた、面倒だが。

「嫌味を言ったつもりはないんだけど」

「態度が嫌味だな」

「そうだ！　そうだ！」

俺たちの態度にレオは苦笑した。

そしてノワールを呼び寄せる。

「まぁ、その話は戦が終わってからにしようか」

「そうだな。今は戦のほうが大事だ」

「戦より大事だろ!?　これだから北部で知らん間に美女と知り合ってるやつは！　俺なんてずっと城に閉じ込められてたんだぞ!?」

ジークがまだ騒ぐが、俺たちは無視する。

これ以上、相手をしているといつまで経っても前に進めない。

「アードラーの神髄は〝心服〟っていうのはさ。その通りだと思う」

「だろ？」

「うん。けど、言葉が効かない相手もいる。信念を曲げない相手もいる。そういう時に力は振るわなきゃいけない。羽で覆うだけじゃ守れない物もあるから。だから行ってくるよ。僕の剣はそのためにあるんだから」

そう言ってレオはノワールに跨った。

守るために剣を振るうというのは大きな矛盾がある。

自分や他者を守るためにそれ以外の他者を傷つけるのだから。

人間なんてそんなものだと言われればそこまでだが、考えないで放置もできない。

アードラーの一族はそれと向かい合ってきたのだから。

だが、レオはレオで自分なりの答えを見つけているらしい。

「この戦いを終わらせる!!　空に上がるすべての者よ！　レオナルト・レークス・アードラーに続け！　敵将ゴードンの首を取る!!」

そう言ってレオは航空部隊を率いて山に向かって突撃を開始した。

空と地上。

ハイナ山は上下からの攻撃を受け始めた。

見れば山を下りる敵兵が多い。逃亡兵だろう。

もはやゴードンは全軍を掌握できていない。

戦力比は逆転した。士気の高まったこちらを止めるのはもはや不可能だ。

「時間の問題か……」

「お前さんは行かなくていいのか？」

「俺の役目はここにいることだ。それにやるべきことはもう終わってる」

「そうかい。じゃあ俺は子供の面倒でも見るかね」

そう言ってジークは倒れている子供たちに近づき、拘束具を壊していく。

そしてせっせと敵の本陣を走り回り、いろんな布で子供たちを覆っていく。彼らが着ているのはボロ雑巾みたいな服だからだ。

そして近くの兵士たちに声をかけて、子供たちを別の天幕に運ばせた。

すべてが終わったあと、ジークは槍をかついで子供たちが閉じ込められていた天幕を一撃で壊した。

「これで、よし！」

「それに何の意味があるんだ？」

「悪い出来事を思い出さなくて済むだろ？　子供は自由だ。閉じ込められた思い出なんていらんのさ」

そう言ってジークは一仕事したとばかりに息を吐くと、子供たちが運ばれた天幕に行くのだった。

目を覚ました子供たちは驚くだろうな。

自分たちの傍にいるのが子熊なんだから。

まぁ帝国兵がいるよりはマシだろう。

「任せたぞ、ジーク」

「おう！　敵が子供たちにちょっかいかけに来たらぶちのめしてやんよ！　けど、坊主は平気なのか？」

「平気さ。俺には俺の護衛がいる」

「いささか遅れてしまいましたかな？」

音もなくセバスが現れた。

ジークはそれを見て納得すると天幕に引っ込んだ。

これでこちらの布陣は整った。

あとは前線の者たち次第だろう。

「早く終わればいいんだが……」

9

ハイナ山にはいくつも防御拠点が作られていた。

ローエンシュタイン公爵は自ら先頭を切って、その一つ一つを潰して回っていた。

「進め！　この拠点も落とすぞ！」

そう言ってローエンシュタイン公爵は雷を拠点に落とす。

拠点に籠っていた敵兵士たちは悲鳴をあげて、逃げ出す者が続出する。もはや士気などあったものではない。

戦場に於いて迷いは禁物。

自分たちが間違っているのでは？　と考えていたら兵士は戦えない。

だから指揮官はそれを取り除く努力をしなければいけない。

だが、ゴードンにはそれができなかった。

一方、レオとアルの軍は自らが正しいと信じて突き進んでいた。

子供を守るという単純明快さが兵士の士気を上げた。国を守れと言われるよりもわかりやすかった。

「踏みつぶせ!!」

そう言ってローエンシュタイン公爵は敵の攻撃を雷で弾きながら、敵の拠点に乗り込む。

そしてそのまま拠点に雷を落とそうとした。
だが、その前にローエンシュタイン公爵の心臓が悲鳴をあげた。
元々、万全とは程遠い体調だった。
動けない体を気持ちで動かしたのだ。
突き動かしたのは最期という想い。
自らの命が長くないと悟り、今こそ燃やし尽くすと決めた。
雷のように一瞬だけでも輝こうと。
「《天空を駆ける雷》……ごほっ……」
詠唱が続かない。
集中できず、動くこともできない。
口からは血がこぼれる。
だが、ローエンシュタイン公爵は倒れない。
今、自分が倒れればせっかくの士気が落ちてしまう。
自分が守りたいと願ったものをすべて守ってくれた皇子がいる。
その皇子のために最期の力を使おうと思った。
迷惑だけはかけられない。
「い、今だ！　敵は瀕死だぞ！　雷神を討ち取れ!!」
敵の指揮官がローエンシュタイン公爵の異変に気付いた。

そして拠点にいた兵士たちが矢を番える。

何とかそれを防ごうとローエンシュタイン公爵は考えるが、どうしても魔法が行使できない。

ここまでか。

そう諦めかけた時。

後ろから声が聞こえてきた。

《天空を駆ける雷よ・荒ぶる姿を大地に示せ・輝く閃光・集いて一条となれ・大地を焦がし照らし尽くさんがために――サンダー・フォール》

ローエンシュタイン公爵の前で敵の拠点に大きな雷が落ちた。

弓を構えていた兵士たちはその雷で吹き飛ばされていく。

「声を上げなさい！　力を振り絞りなさい！　ローエンシュタインの雷はいつでも北部と共にあるわ!!」

そう言ってローエンシュタイン公爵の横に現れたのはシャルだった。

シャルは倒れそうなローエンシュタイン公爵を横から支える。

「お爺様……」

「来たか……シャルロッテ」

そう言ってローエンシュタイン公爵は体から力を抜き、シャルに体重を預けた。

そうしなければ持たないと思ったからだ。

「殿下は……どうだ……？」

「旗を掲げています」

「ならば……まだ倒れるわけにはいかんな……」

「前線は私が支えます。お爺様は指揮を」

「わかった……こういう山での戦いでは焦りは禁物だ。一つ一つ、敵の防御拠点を潰していく。それが最も勝算が高く、最も安全だ。犠牲も少ない」

「わかりました」

そう言ってローエンシュタイン公爵は後方に下がり、指揮に徹することとなった。

しかし、前線ではローエンシュタイン公爵と見間違えるほどの活躍をシャルが見せ、敵の防御拠点をことごとく潰していき、敵をどんどん山頂に追い詰めていったのだった。

■■■

それは突然の出来事だった。

帝国軍と北部諸侯連合軍が攻勢を強める中、ゴードンは前線で剣を振るって戦線を維持しようとしていた。

窮地の防御拠点に駆け付け、自らの武勇で敵を押し返す。それによって士気も上がる。

それを繰り返していたのだ。

だが、その移動中。

突如としてゴードンの進路を阻む者が現れた。

「レオナルト！」

「あなたは僕が討つ！」

空から舞い降りたレオはゴードンに向かって剣を振るう。

ゴードンはそれを受け止めるが、奇襲だったため馬上から飛び降りて距離を取る。レオもノワールから飛び降りてゴードンを追う。

そして一騎打ちが始まった。

周りにいた護衛は共に降下してきた第六近衛騎士隊が阻む。

邪魔する者はいない。

レオがゴードンの首を狙い、突きを繰り出す。

ゴードンは力でその突きを弾き、剛力を活かして上段から剣を振り下ろす。

レオはそれを受け止めることはせず、体の力を抜いてその剣を上手く逸らす。

レオは一度もゴードンに勝ったことはない。

年齢や経験という差があった。この人に勝てる日が来るのだろうかと思うほどに差を感じていた。

だが、今はそうは思わない。

繰り出す技は鋭く重い。

それでもレオには物足りなかった。

かつてはその一撃に言い知れぬ凄みがあった。

その凄みに圧されたのだ。

しかし、今はその凄みがない。

だからレオはゴードンの剣に畏れを感じなかった。

「あなたは……弱くなった」

「戯言を！　俺が弱くなるわけがないだろう!!」

そう言ってゴードンは横から剣を振るう。

それをレオは真正面から受け止めた。

まさか受け止めるとは思っていなかったゴードンは目を見開く。

「僕に止められるような一撃をゴードン・レークス・アードラーは放たない」

「くっ！」

予想とは違う行動にゴードンの動きが狂う。

それを見逃さず、レオはスルリとゴードンの懐に入り込んだ。

ゴードンは剣では間に合わないと判断し、左手でレオに殴り掛かる。

だが、レオはその拳を頭突きで止めた。

「そんな軽い拳で僕は止まらないぞ！」

「ちっ!!」

ゴードンは何とか距離を取ろうとするが、レオは離れない。

そして密着した状態でレオは体の捻りだけで突きを放った。
その剣はゴードンの鎧を貫き、深く腹部を突き刺したのだった。
「がはっ……」
「まだまだ!!」
レオは剣を引き抜き、追撃をかける。
咄嗟にゴードンが体を捻ったため、貫いたのは横腹だった。
致命傷ではない。
上段から剣を振り下ろすが、ゴードンはそれを受け止める。
剣についたゴードンの血がゴードンの顔に飛び散った。
自らが追い詰められていることにゴードンは混乱していた。
一騎打ちで負けるなどありえないことだった。
「俺は……俺は負けけん!!」
そう言ってゴードンはレオの剣を弾き返し、反撃の体勢に入った。
しかし、レオは足を跳ね上げ、先ほど貫いた場所を蹴り飛ばす。
痛みでゴードンの動きが鈍り、レオはまたゴードンの懐に入り込む。
致命傷を避けようとゴードンは頭と首を守りに入るが、レオが狙ったのは足だった。
足を斬りつけられ、膝を突かされる。
レオはそのまま回転してゴードンの胸を貫いたのだった。

手ごたえはあった。

ゴードンの目から光が消え、体から力が抜けていく。

だが、そんなゴードンを助けようと多数の兵士がやってきた。

「殿下ぁぁぁ!!」

フィデッサー将軍が率いる部隊だ。

これ以上、ここにいては囲まれる。

このまま止めを刺したいという欲求を封じ込め、レオは第六近衛騎士隊に撤退を命じた。

剣を引き抜かれたゴードンはうつ伏せに倒れこむ。

大将同士の一騎打ちはレオに軍配が上がったのだった。

そしてそれはゴードン軍に勝ち目がなくなったことも意味していた。

10

攻勢は四度にわたって行われた。

こちらは地道に防御拠点を攻略し続け、ほぼハイナ山の防御拠点は無力化した。

しかし、粘り強い抵抗にあってこちらも消耗を強いられた。

「ゴードン皇子の傷は致命傷という話ですが……」

「レオが手ごたえがあったというんだ。放っておけば死ぬ程度の傷は負っているはず。それでも敵の士気が落ちないのは代わりの指揮官が出てきたんだろう」

姿は見えない。

だが、途中から竜騎士たちが息を吹き返し、積極的に動くようになった。

つまり。

「ゴードンはダウンさせたが、ウィリアムが復活したんだろうさ」

「意外ですな。ウィリアム王子がいまだにゴードン皇子につくとは」

「俺は意外でもないけどな。奴は自分の言葉は曲げんよ」

何があってもゴードンの味方でいる気だろう。

柔軟さに欠けるといえばそこまでだが、味方ならこれほど頼りになる相手はいない。

惜しいことだ。

「敵に残されているのは山頂の拠点のみ。一気に仕留めに行きたいところだがな」

できない事情がこちらにはあった。

そんな風に思っていると俺のところに伝令がやってきた。

いよいよか。

「行ってくる」

「行ってらっしゃいませ」

セバスに送り出され、俺は向かう。

ローエンシュタイン公爵がいる天幕へ。

■■■

「来たか……」

「ああ。お邪魔じゃないといいんだが」

「儂（わし）が呼んだのだ……邪魔なものか……」

そう言うローエンシュタイン公爵はベッドで横になっていた。

周りにはシャルや北部貴族たちがいる。

攻撃できない理由はこれだ。

北部諸侯連合軍の中心。

ローエンシュタイン公爵が今際（いまわ）の際（きわ）にいたからだ。

「攻勢を中断させてしまい……申し訳ない……」

「敵は瀕死（ひんし）だ。もう挽回（ばんかい）のチャンスはない。止めを刺すのが明日になっても気にしないさ」

「……儂の命は役に立ったか……？」

「もちろん。感謝している」

「感謝するのは儂のほうだ……最期に良い戦いができた……まだ生きていたいとすら思えた……武人として戦場にて満足して死ねるのだ……悔いはない……」

そう言ってローエンシュタイン公爵は俺を近くに呼び寄せた。

俺は黙ってそれに従う。

ローエンシュタイン公爵は弱弱しい動きで手を上げる。

「だが……心配事はある……どうか取り除いてくれないだろうか……？」

「何も心配することはない。ここに誓おう。北部貴族への尊重は必ず勝ち取ってみせる。俺のすべてを賭けて」

「……何から何まですまない……」

「何から何まで世話になった。当然だ」

「……ならば最後のわがままを言ってもよいだろうか……？」

「なんだ？」

「シャルロッテを……頼む……大切な孫娘だ……」

「必ず俺が守ろう。それでいいか？」

「ふっ……それならそれでいい……ああ……最期に良い夢を見れた……」

そう言ってローエンシュタイン公爵の手から力が抜けた。

その瞬間、北部貴族たちが声をあげて泣き始めた。

「お爺様(じいさま)……！　お爺様ぁ……!!」

シャルもローエンシュタイン公爵の横で泣き続けている。

俺はそっと立ち上がると何も言わずにその場を後にした。

天幕を出て少し歩くと、レオが俺のことを待っていた。

「どうだった？」

「あの人らしい最期だった。最期まで周りを心配していたよ」

「そっか。色んなことを教えてほしかったけど、叶わなかったね」

レオは残念そうにつぶやく。

だが、すぐに視線を山へと向けた。

「僕らは疲弊している」

四度の攻勢。

つまり四度も山を登ったのだ。

ゴードン軍との戦いのあと、山の攻略戦だ。

疲れていない者などどこにもいない。

そこにローエンシュタイン公爵の訃報。

士気はもはや上がらない。

今、無理に攻めれば手痛いしっぺ返しを食らいかねない。

「敵残存戦力は一万ほど。半分以上は負傷兵だ。頼みの綱の指揮官たちは重傷を負っている。ここから向こうが逆転する方法はない」

「うん。それは僕も思う」

だが、今日中に仕留めたい理由がある。

そろそろ来る頃だろうと思っていると、一人の少年がハーニッシュ将軍に連れられて俺たちのところにやってきた。

「失礼いたします。ホルツヴァート公爵家のライナー殿です」

「両殿下にご挨拶を。ライナー・フォン・ホルツヴァートです」

「やぁ、ライナー。久しぶりだね」

「お久しぶりです。レオナルト殿下」

「どんな用件かな？」

「はい。これよりホルツヴァート公爵家は敵を攻めます。その報告に参りました」

いけしゃあしゃあとライナーは告げた。

こちらの要請には全く反応を示さなかった癖に、敵が最も弱体化した瞬間に攻め込むと言ってくるとはな。

手柄をかすめ取る気満々というわけだ。

「その前にこちらの要請に応じなかったのはどういうことかな？　記憶が正しければ君たちはこちら側についたはずだけど？」

「申し訳ありません。一部の騎士から反発がありまして、それを収めるのに時間がかかりました。裏切った部隊ではよくあることです。お許しを」

指揮官の独断で裏切ったから騎士が反発？

軍隊ならまだしも騎士団でそれはない。

劣勢側についたわけじゃない。優勢側についたんだ。

ゴードンには大した義理もないんだ。反発する騎士なんているわけがない。

ホルツヴァート公爵家はあまり戦場には出ない貴族だ。昔から。

だが、政争では裏切りの常習犯。常に自らの保身を第一とする貴族。そんな貴族の騎士たちが主君の裏切りを咎めるものか。

「ではこちらからも精鋭を出そう」

「それには及びません。連携も取れないでしょうし、戦うなら別々に戦いましょう」

どさくさに紛れて精鋭にゴードンとウィリアムを討てというつもりだったんだろうが、レオの申し出は断られる。

精鋭を出す用意はあるが、軍となると別だ。

疲弊した兵士を動員すれば用意できるが、それでは犠牲が増えるだけだ。

一方、ホルツヴァート公爵家はほとんど戦に参加していない。

この状況で万全の軍は切り札になりえる。

こちら以上に敵は疲れているからだ。

勝てることは勝てる。向こうからの申し出だし、断る理由もない。

ここで断るとレオは手柄にこだわっていると言われかねない。

かといって好きにやらせるとゴードンとウィリアムの首級を持っていかれかねない。

たとえゴードンがレオの一撃で致命傷を受けていたとしても、首を取ったのは自分達だと主張するだろう。相手はホルツヴァート公爵家だ。

さて、どうするか。

考え事をしていると突然、山頂から大歓声が聞こえてきた。

どこにそんな元気があるのか。

だが、あれだけ士気が高いなら問題ないだろう。

「やれるものならやってみろ」

「……敵はどうやらまだ余力を残している様子。どうでしょうか？　挟撃という形を取っては？」

「ローエンシュタイン公爵の訃報でこちらは動けん。やるならそちらだけでやれ」

「……臣下に死んでこいと仰せですか？」

「臣下だと？　いつからお前たちが俺たちの臣下になった？」

「我々は皇族の臣下です」

「よく言った！　ならば命じよう！　今すぐ山に登って敵将ゴードンとウィリアムの首を取ってこい！　取ってこれない場合は遅参を理由に罰を与える。エリク兄上の指示があったとはいえ、あまりにも日和見がすぎるのでな」

一気に畳みかけて主導権を与えない。

ライナーはどうやってこちらを言いくるめるか考えているようだ。

だが、それは無駄に終わる。

山頂から戦場全体に声が響いたからだ。

「皆、これまでよく戦ってくれた！　最後の戦いだ！　このゴードンに続け！　俺の背を追え！　俺の背が見えているうちは決して倒れるな！　皆の前には常に俺がいる！　遅れは許さん！　俺と共に駆けろ!!　突撃ぃぃぃぃ!!!!」

全軍が騒がしくなる。

だが、突撃をかけられたのはこちらではない。

「動ける部隊を選抜し、山の向こう側に回る。敵はホルツヴァート公爵家が食い止める。僕らはその間に敵を逃がさないように包囲する！」

レオは的確に指示を出し、山の反対側への移動を決断する。

敵はホルツヴァート公爵家を突破しての撤退を敢行したのだ。

こちらではなく、元気なホルツヴァート公爵家を突破しようとするあたり、今までのゴードンとは少し違う。

「敵の機先を制す……ゴードン皇子らしい戦法ですな。久しぶりに」

「そうだな。俺たちも行くぞ。北部諸侯連合軍はこの場で待機。敵を逃がすな」

そう言って俺たちは山の反対側に移動し始めたのだった。

11

意識を失ったゴードンは靄（もや）の中にいた。

それは今に始まったことではない。ずっと靄の中にいた。そんな気分だった。

かつて皇太子が亡くなった時。ゴードンは強い使命感に燃えていた。

自分が帝国を守らなければ、という使命感だ。

皇太子は何もかも絶対的だった。皇帝から権力の委譲もされ始めており、皇帝ではなく皇太子に忠誠を誓う者も多くいた。

憧れの兄だった。この兄の下で強き将軍であること。

それがゴードンの目標であり、夢だった。

けれど、その兄が死んだ。帝国は一気に弱体化し、誰もが下を向いていた。

なんとかしなくては。その危機感が使命感へと変化した。

アードラーの一族として、帝国を支えるのだ、と。

やがて、それは帝国を強くするというモノへと変化し、思い描く強い帝国の玉座には自分が君臨するようになった。

最初は憧れた兄のようになろうとした。すべては帝国のため。

兄がいた頃のような強い帝国。そうすれば民を助けられると思っていた。

けれど、そのうち自分が皇帝になることが主目的になった。強い帝国に君臨する強い皇帝。

それになることが目的となり、そのうち、周りのことはどうでもよくなった。誰の意見も聞かなくなった。なぜなら、自分は強い皇帝になる者だから。

自分はなぜ、こんな風になってしまったのだろうか？

どうして反乱など起こした？

どうして多くの者を捨て駒のように扱った？

自分らしくない。打つ手、打つ手が後手ばかり。自分はもっと考えなしに先手を打っていたはず。それだけが特徴だったのに。

なぜ、自分は玉座を目指した？

求めたのは強い帝国。民を安んずることこそが望みだった。

それなのに……なぜ？

兄弟と政治の舞台で争い、実の父に反旗を翻し、そして弟と剣までぶつけ合った。

一体、それに何の意味がある？

次第に靄が晴れていく。久々にしっかりと思考した気がした。自分らしく考えることができた気がした。

自分は何者なのか？

その自問自答に今は、しっかりと答えられる。

自分はゴードン・レークス・アードラー。帝国を守るアードラーの一族にして、帝国の将軍。

なぜ、忘れていたのか……。

深い後悔を抱きながら、ゴードンは靄から抜け出したのだった。

■■■

ゴードンが天幕の中で目を覚ました時。

傍(そば)にはフィデッサーが控えていた。

「よかった！　お目覚めになられた！　殿下！　私がわかりますか？」

「フィデッサーか……戦況はどうだ……？」

「……敵の攻勢により山頂を残して拠点は失いました。ウィリアム殿下がなんとか指揮を執ってくれたのですが……」

「……よく耐えた」

ゴードンはそうフィデッサーを労(ねぎら)うと、顔をしかめながら体を起こした。

そして傷だらけの自分の体を見て、苦笑する。

「負けたか……俺は」

「まだ負けておりません！　山を下りることができれば再起の可能性は十分にあります！」

「そうだな……だが、そのためには連合王国の協力がいる」

そう言ってゴードンは天幕の入口を見る。

そこにはゴードン同様に傷だらけのウィリアムがいた。

歩くのも辛(つら)いのか、槍(やり)を杖(つえ)代わりにしていた。

「目覚めたか……ゴードン」

「死に損ねたようだ……」

「なによりだ。私に何か言うことはないか？」

子供たちを兵器利用したことをウィリアムは暗に責めた。

フィデッサーはそれを聞き、顔を曇らせる。

勝つためだとしてもやっていいことと悪いことがある。

結局、あの一件のせいで軍は崩壊してしまった。戦略的に見ても悪手だったことは間違いない。

だが、ゴードンは笑う。

「子供を利用したことか……我ながら悪い手を打ったものだと思っているよ」

「それだけか？」

「謝罪が欲しいのか……？　俺の謝罪で何になる？　子供は無事だ。俺の弟たちが助けた。それでいいではないか」

言いながらゴードンはベッドから立ち上がり、フィデッサーの助けを借りながら鎧（よろい）を身に纏（まと）う。

どこか今までとは違う雰囲気にウィリアムはゴードンを凝視する。

「本当に……ゴードンか……？」

「俺以外の誰に見える……？　深手で血を流しすぎたか……？」

「……お前は変わったものだと思っていた」

「馬鹿な男だ。変わったと思ったなら見限ればいいものを……国に反旗を翻し、これほど劣勢の中でも付き合ってくれるのはお前くらいだろうな」

「付き合いたくて付き合ったわけではない」

「そうだろうな。お前の父は人を見る目がない。俺に加担するなど愚か者のすることだ」

言いながらゴードンは自らの剣を腰に差した。

戦闘準備は整った。

鎧で傷は隠せているが、深手であることは変わりない。

安静にして、適切な処置をすれば命は助かるかもしれない。そのレベルの傷だ。

だが、ゴードンは安静にする気などなかった。

「愚かな友よ……まだ俺を友だと思ってくれるか？」

「正直、辞めたいと思っているが……腐れ縁は切れんものだ」

「そうか……なら俺の願いを聞いてほしい」

「なんだ？　レオナルトと再戦でもする気か？　先約は私だぞ」

「いや……残存部隊を率いてヴィスマールに撤退してほしい。そして妻と娘を、いや――〝家族〟を頼む」

「……私にだけ逃げろと言うつもりか？」

怒気の孕(はら)んだ声でウィリアムが問いかける。

だが、ゴードンは静かに頷く。

「お前ならわかるはずだ……もはや連合王国への撤退しか手はない。お前がいなければ成立しない話だ」

「笑わせるな……父上は私を斬るだろう。帝国への手土産としてな」

「負傷兵ばかりとはいえ、一万近くの軍を率いていれば早々手は出せん。その後はお前次第だ」

言いながらゴードンは豪快な笑みを浮かべた。

そして拳を突き出す。

「友だと心の底から思っているなら……引き受けてほしい」

「私は……共に死のうと言ってほしかった」

「すまん。何もかも……こんな反乱に付き合わせたことも、苦労ばかりかけたことも……本当に申し訳なく思っている。だが、俺にはやることがある」

「何をする気だ？」

「裏切り者を粛清しなければいかん。こちらが疲弊している以上、そのうち万全の軍で攻撃を仕掛けてくるだろう。奴らはエリクの手の者だ。手柄をレオナルトに渡す気はないだろう」

「ならば、なおさら逃げねばならないのではないか？」

「二人では逃げられん。必ず背を追われる。俺は殿となって敵を食い止めよう。そして……ホルツヴァート公爵を討つ。俺のこの首は卑怯者にはやらん。このゴードンを討つのは……策を練り、味方を集めてきた弟たちだ。奴らは俺に勝ったのだ。報酬がないなど理不尽ではないか。ましてやハイエナのごとき輩(やから)に盗まれるなど、断じてあってはならん」

ゴードンの目に覚悟を見てとり、ウィリアムは自らも拳を突き出す。

二人の拳がぶつかりあった。

「お前の願いは聞き入れよう。私がすべてを預かる。家族を任せろ」

「頼んだ」

そう言うとゴードンはウィリアムの横を通り過ぎていく。

そんなゴードンにウィリアムは告げた。

「お前の友で……よかったと思っている」

「お前にとって俺が友であったことは汚点でしかないだろう……だが、俺にとっては誇りだ。連合王国に行き、お前と出会えたことは俺の生涯において最大の幸運だった。最期まで友であってくれたこと……感謝している。お前は常に心からの友だった」

ウィリアムは思わず振り向く。

ゴードンは振り返らない。

真っすぐ兵士たちの下へ向かっていき、告げた。

「山の裏側にいるホルツヴァート公爵家の軍を突破し、負傷兵たちを逃がす。俺と共に死ねる者だけ突撃準備を開始しろ」

そう言ってゴードンは馬の準備を始める。

それを見て、今までずっと地面を見ていた兵士たちが立ち上がり始めた。

やがて、絶望が蔓延していた拠点に活気が戻り始める。

そしてゴードンが馬に跨り、剣を掲げたところで士気が最高潮に達する。

「皆、これまでよく戦ってくれた！　最後の戦いだ！　このゴードンに続け！　俺の背を追え！　俺の背が見えているうちは決して倒れるな！　皆の前には常に俺がいる！　遅れは許さん！　俺と共に駆けろ!!　突撃ぃぃぃぃ!!!!」

号令をかけたゴードンは騎馬隊を率いて山を駆け下りたのだった。

■■■

ゴードンに付き従ったのは五百騎のみだった。

満足に動ける兵士がそれだけ少ないということだった。

負傷兵の中には戦うと言い張る者もいたが、彼らは全員ウィリアムの下に預けられた。

一方、ホルツヴァート公爵家の軍は三千。

数の差は六倍。

だが、機先を制したことで敵の意表をつくことができた。

ゴードンに攻撃を仕掛けるために山を登り始めていたホルツヴァート公爵家は、防陣を敷くことができなかったのだ。

「ぬん!!」

ゴードンは一振りで数名の騎士を吹き飛ばし、道を切り開いていく。

その後を決死隊が続く。

ゴードンと共に死ぬと決めた彼らは強かった。

腹を刺され、馬上から引きずり降ろされても彼らは剣を手放さず、周りの騎士を道連れにするほどだった。

その様子にホルツヴァート公爵家の軍は動揺し、ゴードンの突撃を止められなかった。

だが、数の差がある以上、徐々にすり減っていく。

それでもゴードンはホルツヴァート公爵家の当主、ロルフの前までやってきた。

「裏切った報いは受けてもらうぞ……奸物め」

「これはこれは、ゴードン皇子。ずいぶんとお怒りのご様子ですね？」

「ああ、怒っている。貴様らが手柄欲しさに醜悪な行動に出たからな！」

ゴードンはロルフの護衛の騎士たちを吹き飛ばし、ロルフに剣を向ける。

だが、その瞬間。

ゴードンは炎に包まれた。

「馬鹿め！　貴様らのような化け物を相手にするのに、備えがないわけがないだろう！」

それは魔法だった。

周りに控えていた十人の魔導師が炎の魔法でゴードンを焼いたのだ。

炎は絶えずゴードンを襲う。

「こうやって備え、利口に立ち回り、私たちホルツヴァート公爵家は血を守り抜いてきたのだ！　争いばかりを起こす馬鹿なアードラーに好物呼ばわりされる謂れはない！」

そう言ってロルフは勝ちを確信した笑みを浮かべた。

だが、そんなロルフの目に炎から飛び出てきた腕が映った。

「な、にぃ……？」

ゴードンの腕がロルフの首を絞めつける。

片手で動きを封じられたロルフは何か言おうとするが、炎の中から顔を出したゴードンを見て、顔を恐怖で歪ませることしかできなかった。

「お喋りな奴だ……すぐ逃げぬからこうなる……」

「がっ、くっ……！」

「臆病こそがホルツヴァート公爵家の強み。貴様はその点、ホルツヴァート公爵家らしくはない……」

「ま、て……」

「よく覚えておけ……ホルツヴァート公爵家が血を守り抜いてきたと言うなら……我らアードラーは磨き抜いてきたのだ!!　貴様ごときに馬鹿にされる謂れはないわぁ!!!!」

そう言ってゴードンは剣を振るってロルフの体を両断した。

そして上半身を魔導師たちに投げつける。

「その程度の炎でこのゴードンを止められると思ったか!!」

そう言ってゴードンは魔導師たちを斬り捨てていく。

当主が死んだことで、ホルツヴァート公爵家の軍は統制を失った。

そんな軍をゴードンたちは荒らしまわる。

追手を出させないためだ。

負傷兵を抱えたウィリアムの軍は山を下り切ったところだった。これからヴィスマールへの撤退に入る。

そちらにゴードンは視線を向ける。

すると空に赤い飛竜が見えた。

ウィリアムの飛竜だ。

その背に跨ったウィリアムが槍を掲げた。

「武運を祈る!!」

「……武運を祈るか……」

そう言ってゴードンは視線を逆の方向に向けた。

レオナルト率いる軍がもうすぐそこまでやってきていた。

ウィリアムたちを追わせないためにも、あの軍を止めなければいけない。

だが、ゴードンと共に突撃した決死隊は二百名足らずになっていた。

対するレオナルトの軍は五千を超える。

向こうも疲弊した兵が多いだろうが、士気という点でホルツヴァート公爵家の比ではない。

それでもゴードンは笑う。

「フィデッサー」

「はっ！　ここに！」

「昔を思い出すな……攻めしか能のない俺はいつも突撃を仕掛けていた……」

「おかげで武勲を立てやすかったのを覚えています」

「そうか……最期までとことんついてきてくれるか？」

「喜んで！」

「よし！　先ほどと同じだ！　俺の背を追え!!　俺の背が見えるかぎり！　諦めることは許さん！　行くぞ!!　続けぇぇぇ!!」

12

「うおぉぉぉぉ!!」

ゴードンは決死隊を率いてレオナルト達の軍に突撃した。

だが、真正面から突撃したわけではない。

レオナルトはウィリアムたちを追わせるために、軍を二手に分けた。

その追手部隊にゴードンは突撃を仕掛けたのだった。

「続け！　この俺に続け!!」

前線で剣を振るいながら、ゴードンは口から血を吐き出す。

レオナルトから受けた傷が開いたのだ。だが、止まらない。

後ろにいる部下たちが止まらないからだ。

自分が止まれば部下たちも止まってしまう。

「レオナルトぉぉぉ!!」

ゴードンは自らを奮い立たせて声を張り上げた。

ウィリアムを追わせないためだ。

別動隊にゴードンが襲い掛かったならば、別動隊にゴードンを任せてレオナルトがウィリアムを追うということもありえる。

だからゴードンはレオナルトの名を呼び続けた。

自らはここだと知らせるために。

「レオナルトぉぉぉぉお!!!!」

幾度かの叫びの後、ゴードンの視界に弟の顔が映った。

レオナルトではない。

別動隊を率いていたアルノルトだ。

その顔を見てゴードンは笑う。

アルノルトに迫ればレオナルトが出てくると思ったからだ。

だが、敵部隊は急速に退避を開始した。

もはや限界に達していたゴードンたちはそれを追うことができなかった。

そして、敵が弓隊を展開した。

「我が弟ながら……嫌な奴だ」

この状況で一番やってほしくなかったこと。

乱戦に付き合わず、一度立て直して遠距離からの攻撃。

ロルフとは器が違う。相手を侮っていないからこそ、最も嫌がる手を打ってくる。

さすがのゴードンにも打つ手がなかった。

矢が放たれ、それをゴードンは見上げた。

だが、ゴードンの視界に人の背中が映った。

一瞬の後。

ゴードンの代わりに無数の矢を受けたフィデッサーの姿がそこにはあった。

「フィデッサー！」

「……進みましょう……あなたの最期の道は……我らが……」

そう言ってフィデッサーは矢が刺さったまま馬を進める。

それにゴードンの部下たちが続いていく。

矢は絶え間なく続くが、彼らは止まらない。

そしてゴードンはその後を追った。

「うおぉぉぉぉぉ!!!!」

執拗（しつよう）な矢による攻撃。

だが、部下たちを盾としてゴードンはそれを突破した。

「フィデッサー!!」

いつも返事を返していた部下の声はもうしない。

そのことにゴードンは顔を歪めながら、弓隊に突撃した。

「進めぇぇぇぇ!!」

ゴードンの突撃は鬼気迫るものがあった。

だから弓隊が突破された時点で、レオナルトは動いていた。

ゴードンの前にレオナルトがゆっくりと降下してくる。

周りはレオナルトが率いていた部隊が固めている。

ウィリアムへの追撃を諦め、ここでゴードンを確実に討つと決めたのだ。

「日和（ひよ）ったな！　ウィリアムを追えばウィリアムも討てたものを！」

「日和ったんじゃない。あなたを認めているんだ」

そう言ってレオは剣を構える。

そしてノワールに乗ったまま突撃した。

だが、それに対してゴードンは突撃で返した。

剣と剣がぶつかりあう。

力比べが発生し、ゴードンはレオを弾（はじ）き飛ばした。

ノワールから降ろされたレオは、空中で体勢を整えて着地する。

その手は信じられないほど痺れていた。

致命傷を負っている人間の一撃とは思えないほどの強さがそこにはあった。

「重かろう……俺と部下の命の重さだ……受け止めてみろ!!!!」

そう言ってゴードンは馬を進めてレオに襲い掛かる。

ゴードンの最大の長所は攻め。

今まで発揮されてこなかった長所が今、最大限に発揮されていた。

レオも反撃を繰り出すが、ゴードンは相打ち上等とばかりに剣を振るう。

結果、レオの攻撃はゴードンの動きを止めるには至らない。

一撃一撃が重く、レオは剣を受け止めるたびに吹き飛ばされた。

そしてレオはゴードンの一撃を受け流しきれず、思いっきり吹き飛ばされた。

「ぐっ……！」

「立て……立って向かってこい!!」

かつても同じ言葉をかけた。

ゴードンは馬を下りる。

同等の条件で戦いたかった。

かつてのように。

「はぁぁぁぁ!!」

「甘いわ!!」

レオナルトは体勢を立て直し、連続の攻撃を仕掛ける。

息もつかせぬ連撃。

だが、ゴードンはそれをしのぎ切ってレオナルトを蹴り飛ばす。

「手負いの俺にも勝てないものが皇帝になるだと……？　笑わせるな！　弱者に帝国の皇帝は務まらん！　甘く、弱いお前にそんな資格があるものか!!」

「僕は……昔の僕じゃない」

「ならば証明してみせろ……俺は俺よりも弱い皇帝など認めぬ!!」

そう言ってゴードンは一歩一歩レオナルトに近づいていく。

言い知れぬ圧をレオは感じていた。かつて感じた凄み（すご）が今のゴードンにはあった。

前線で部下の先頭を行く将軍としての覇気。

背後に多くの仲間を背負った歴戦の戦士としての自負。

剣には重みがあった。

受け止めきれずにレオは幾度も吹き飛ばされる。

だが、レオは諦めなかった。

食らいつき、やがてはその一撃を止め始めた。

そうなると足を止めての打ち合いが始まる。

「うおぉぉぉぉぉ!!!!」

「はぁぁぁぁぁ!!!!」

気を抜けば意識を持っていかれそうな一撃。それを受け止め、相手に反撃する。

だが、もはや死を覚悟したゴードンに生半可な攻撃は通じない。

それでもレオはゴードンから逃げることはしなかった。

その姿にゴードンは笑みがこぼれそうだった。

曲がりくねった自分とは違い、弟は真っすぐ育った。

諦めないという姿勢は将には必要だと教えた。将が諦めなければ兵士も諦めない。

それをレオナルトは忠実に実践していた。ゴードンから距離を取り、ゴードンが疲弊するのを待つというのも一つの手だった。

しかし、レオナルトはそんな手を使わない。兵士たちが見ているからだ。

勝たねば皇帝として認めぬと言われたから、それを真正面から打ち破ってみせるという気概がレオナルトにはあった。

心が認め始めていた。

強くなった弟を。

意識が遠のきそうになるのを必死にこらえ、ゴードンは最期の力を振り絞って突きを繰り出した。

それはレオナルトの首を狙った全力で本気の一撃。

だが、レオナルトはそれを躱(かわ)してゴードンの懐に飛び込んだ。

そしてゴードンの胸をレオナルトの剣が再び貫いた。

今度は心臓を貫かれた。

完璧な一撃だった。

「……見事だ……さすがは俺の……弟だ……」

「ゴードン……兄上……どうして……？」

「許せ……愚かだった……多くのことをお前に……押し付けることになる……」

そう言ってゴードンは顔をあげた。

視線の先にアルノルトの姿があった。

アルノルトはゴードンに向かって一礼する。

ゴードンはそれを見て微笑むと、レオナルトに告げた。

「死に方を選ぶ贅沢が俺にはあった……幸運だった……戦場で弟の成長を見られた……」

「そんな風に思うなら……どうして反乱なんか……？」

「どうしてだろうな……だが、起こしたことは事実……最期に見せてくれ……お前の……勝ち名乗りを……」

そう言ってゴードンはレオナルトを押して剣を引き抜く。

そしてそのまま仰向けに倒れた。

だが、その目はレオナルトに向いていた。

そんなゴードンに見つめられながらレオナルトは剣を高く掲げた。

「国家の反逆者!!　ゴードン・レークス・アードラーは第八皇子レオナルトが討ち取った!!」

その姿を目に焼き付けたあと、ゴードンはゆっくりと目を閉じた。

弟は自分を超えた。

奇妙な満足感がゴードンを包んでいた。

そんなゴードンの耳に、かつて張り合った亡き妹の声が届く。

「相変わらず脳筋ね」

「そう言うな……俺にはこれしかできんのだ」

「まぁ満足できたならいいんじゃない？　あとはあの子たちに任せましょう」

「そうだな……あとは弟たちに任せるとしよう」

そう言ってゴードンの意識はゆっくりと薄れていった。

帝都から始まったゴードンの反乱はこうして幕を閉じたのだった。

エピローグ

夢を見ていた。それは昔の夢だった。

まだ皇太子が存命の頃。

ゴードン兄上は将軍として活躍し、ザンドラ姉上も魔法の研究で成果を出していた。

そんな二人が俺とレオを助けた時があった。その時の夢だ。

「山賊の数が多すぎて、防ぎきれません！　数は千を超えます！　両殿下はお逃げください！」

その地の領主がそう言って、俺たちに逃げることを促す。

それはモンスターの被害にあった地域を慰安訪問しているとき。大規模な山賊が街を襲った。

護衛には近衛(このえ)騎士隊がいたが、少数。なにせ、帝都に近い帝国中心部だ。そんな大軍を相手にすることを想定されていない。

現地の騎士が奮戦するが、そもそもモンスターによって被害が出たばかりだ。

一気に押し込まれ、俺たちは領主の屋敷に押し込まれた。

「逃げ道は完全に塞がれている。逃げ場はない」

「それに僕らは皇帝陛下の代わりにここにいるんだ。皇族として逃げるわけにはいかないよ」

「し、しかし！」

近衛騎士隊ならば逃がせるはず。領主はそう訴えるが、この屋敷がまだ落ちていないのは近衛騎士隊がいるからだ。

彼らと共に逃げれば、屋敷は落ちる。屋敷には逃げ遅れた民もいる。見捨てるわけにはいかない。俺とレオは逃げることを選択しなかった。

もちろん勝算はあった。必ず援軍が来るとわかっていたからだ。

「おい！　いい加減に降伏しろ！　領主！」

「黙れ！　賊が！　この屋敷には殿下たちがいるとわかっての狼藉（ろうぜき）か!?」

「殿下だぁ？　知るかよ！　アードラーが怖くて山賊なんてやってられるかよ！」

きっと別の場所で山賊活動をしていた者たちが移動してきたんだろう。モンスターで被害を受けた街なら襲いやすいと判断して。

間違った判断じゃない。弱いところを攻めるのは定石だ。すでに街の入り口も掌握された。中にいる者は逃げられないし、他所（よそ）から来た援軍も街に入ることは楽じゃない。

ただ、奴ら（やつら）はアードラーを舐め（な）すぎた。

突然、巨大な爆発が街の北門で起きた。

「なんだ!?　何が起きた!?」

「お頭！　帝国軍です！」

「もう来たのか!?　数は!?」

「数は三千以上！　しかも、あれは……ゴードン皇子の精鋭部隊だ！」

「帝都を守る将軍が出てきたのか⁉　ちっ！　撤収するぞ‼」

山賊の頭は逃げようとするが、それは叶わなかった。

風が吹いたのだ。

それは刃となって、山賊の頭の片足を切断した。決して逃げられないように。

「ぎゃぁぁぁぁ‼⁉　なんだ……？　なにが……」

「人の弟たちを追い込んでおいて……逃げられると思っているのかしら？」

屋敷にいち早く駆けつけたのはザンドラ姉上だった。魔法で周囲の賊を蹴散らしながら、真っすぐ単身で駆けつけたのだ。

「な、なんだ……お前は⁉」

「帝国第二皇女、ザンドラ・レークス・アードラー。皇帝陛下の命により、あんたたちを討伐しにきたわ。今すぐ投降するなら命だけは助けてあげるわよ？」

「くそっ！　一人だ！　やっちまえ！」

所詮、女一人。魔導師とはいえ、どうにかなる。

そう思っての行動だったんだろう。

しかし、近づいた賊は一瞬で、消し炭となった。ザンドラ姉上の炎魔法だ。

「抵抗してくれて礼を言うわ。正直、投降を許すのは癪だったのよ」

「ひっひぃぃぃぃぃ‼」

頭は部下に支えられ、ザンドラ姉上から逃げようとする。

けれど、逃げた方向が悪かった。

「ふんっ!!」

大剣が振るわれ、頭と頭を支える部下は両断された。

そして。

「山賊の頭目はどこだ!?　帝国第三皇子、ゴードン・レークス・アードラーが相手をしてやろう！　かかって来い！　さぁ！　俺が相手だ!!」

怒号が周囲に響く。

山賊たちは一斉に武器を置き、両手を上げた。降参したのだ。

とても逆らおうという気はなくなったんだろう。

「どこだ!?　頭目!?　逃げ隠れするな！」

「あんたが斬った奴がそうよ」

呆（あき）れた様子でザンドラ姉上が告げると、ゴードンはハッとした様子で、さきほど斬った頭を見つめる。

「こいつだったのか……まるで手ごたえがないから下っ端かと思ったぞ」

「山賊の頭目なんてそんなもんよ。さっさと投降した奴らを縛りなさい」

「俺に命令するな！　指揮権は俺にあるのだぞ!?」

「だったら、さっさと行動しなさい」

ゴードン兄上は悔しそうにしながら、ザンドラ姉上の言う通り、部下に投降した者たちを捕縛させにかかる。

その間にザンドラ姉上は屋敷に入ってきた。

「ざ、ザンドラ殿下……この度、殿下方を危険に晒しましたのは、私の失態でございます。どうか家臣たちには温情を……」

「そんなことを言うものではないわ、領主。よく弟たちを守り抜いてくれたわね。よく尽くす者を罰するほど、アードラーは落ちぶれていないわよ」

軽く笑い、ザンドラ姉上は領主に咎がないことを認め、安心させると俺たちのほうへやってきた。

「何か言うことがあるんじゃないかしら？　アルノルト、レオナルト」

「救援に感謝いたします、ザンドラ姉上」

「感謝します……けど、なぜザンドラ姉上が？」

「もちろん、私が優秀だからよ」

そう言ってザンドラ姉上は胸を張る。

しかし。

「無理やりついてきた癖に何を言っている？　元々、俺が任された仕事だ」

「そういうことは成果を出してから言ってくれるかしら？　城門を破壊したのも私で、二人を守ったのも私よ？」

「お前が勝手に先行しただけだろう！　まったく……」

何を言っても無駄だと悟ったのか、ゴードン兄上はそれ以上、何も言わなかった。

そして俺たちに視線を向ける。

「怪我はないか？　二人とも」

「ありません、ゴードン兄上」

「戦っていませんから。大丈夫です」

「謙遜はよせ。民を見捨てず、逃げないことも戦いだ。現地の騎士たちもよく戦ってくれた！

俺から礼を言わせてくれ！　よくぞ弟たちと民を守ってくれた！」

そう言ってゴードン兄上は騎士たちを称えた。この時の二人は確かな名声を手にしていた。

その実績、評判から、時代が違えば皇帝になったかもしれない逸材、と。

けれど、二人はもういない。

ゆっくりと目を覚ました時、俺は頬が濡れていること気づいた。

自分が泣いていたことに気づき、俺は深くため息を吐いた。

姉に続き、兄が死んだ。その事実は俺に思ったより精神的ダメージを与えていたらしい。

しかし、その事実は帝国には別のことをもたらす。反乱者は討伐され、平和が訪れたのだ。

多くの犠牲を出しながらも、北部に平和が戻ったのだった。

■■■

「状況は？　セバス」

「はっ。反乱軍が拠点としていた北部の東側一帯はすべて取り返しました。残党はウィリアム王子が率いて、藩国へ向かったそうです。現在は連合王国へ帰還するために、船の手配をしているとか」

戦いから一週間が過ぎた。ゴードン兄上との決戦のあと、レオは軍勢を率いて北部の東側を完全に掌握し、残党をすべて追い払った。

しかし、追撃命令は受けていない。藩国に逃げ込まれた以上、無理な追撃は必要ないということだろう。

帝国内での居場所を失った残党たちは、ウィリアムに頼るしかなく、そのウィリアムとしてもボロボロの状態だ。いつ帝国の追手が来るかわからない状況での敗走。楽なわけがない。脱落する者も多いだろう。

もはや逆転は不可能。どうにか連合王国に帰還したとしても、そこからはさらなる苦難が待ち受けているだろう。

「どうにか落ち着いたか。これで北部はひとまずの平和を謳歌しつつ、復興に力を注げるな」

「一つ問題がございます」

「なんだ？」

セバスはしばし考えこんだあと、そっと俺の耳元で囁いた。

「ゴードン皇子にはお子がいました。ご令嬢です」

「……どこにいる？」

反乱者の娘。それは帝国として生かしてはおけない存在だ。しかもアードラーは血筋を大切にしている。自らの与り知らぬ場所で、血を引く者が生きることを許すほど寛大じゃない。

「現在、ウィリアム王子と共に藩国かと」

「ウィリアムのことだ。急ぎ、連合王国に送るだろうな。大陸にいたら帝国の手が及ぶ」

知ってしまえば、放置はできない。帝国は威信にかけてゴードン兄上の遺児を手中に収めようとするだろう。殺すかもしれないし、生かすかもしれない。それはわからない。しかし、捕えようとするのは間違いない。

「どうなさいますか？　レオナルト様にご報告されますか？」

「馬鹿を言うな！　レオに自分の姪を捕らえさせろと？　その後の人生がどんなものになるか、想像ができるのに……そんなことやらせられるかっ」

父上がどんな判断を下すかはわからない。父親のことを隠して、生かすかもしれない。しかし、すべてを隠し通すことはできない。

なにより母親と引き離すことになる。それが良いこととは思えない。

「ですが、放置も難しいかと。いずれ陛下の耳に入ります」

「だとしても、今はまずい。奪還に動くと決めれば、動かされるのはレオだ。そんなことをさせられない。あいつは……自分の手で兄を討ったばかりだ。これ以上、負担はかけられない。さっさと連合王国に行ってもらうとしよう。今、ビアンカ義姉上と娘はどこだ？」

「実は……藩国より先行して何隻か船が出たそうです」

「それだな」

本隊より先行するのは、それだけ重要だからだ。おそらくまだ健在な部隊が乗り込んでいるだろう。なぜなら、連合王国はウィリアムにとって安全ではない。

連合王国の王は此度の敗戦の責任をウィリアムに被せるだろう。ウィリアムの首によって、帝国と和議を結ぼうとするのは、目に見えている。

しかし、そのままやられるほどウィリアムは愚かじゃない。軍部の大半を掌握しているウィリアムだ。王とて迂闊に手は出せない。

チャンスがあるとすれば、帰国したときだろうが、それに備えてウィリアムは部隊を先に送り込んだ。これで、不意打ちはできない。

そして。おそらくそこにビアンカ義姉上と娘を紛れ込ませただろう。

さっさと大陸から引き離したいはずだからだ。

「今頃、海上か」

呟くと同時に俺は仮面を取り出していた。

「どうされるのですか？」

「子供に何の責任がある？　ましてや俺の姪だ。安全に連合王国につけるかどうか、見届ける」

「過保護ですな」

「何とでも言え。少し外す。後は頼んだぞ」

「かしこまりました」

■■■

海上。そこに五隻の船がいた。

海が荒れ始め、船が大きく揺れている。ギリギリまで人を詰め込んだ船は、かなり危うかった。今にも転覆しそうで見ていられない。

結界で五隻の船を保護する。しばらくそうしていると、海が穏やかになり始める。

船室にこもっていた人々が甲板へと出てきた。

どうにかなったと安堵して、空気を吸いに来たのだ。

そこに女性がいた。一人じゃない。複数の女性。何人かは赤子を抱えている。

赤子のいる女性を優先して、本国に送る。そういう風に見せるためだろう。

その中央。金髪の女性。その手の中にはスヤスヤと眠る赤子がいた。

ホッと息を吐きつつ、空からその様子を眺めていると。

「あっ、あう……」

目を覚ました赤子が俺のほうに手を伸ばした。見えているわけがない。気づくわけがない。

なにせ結界で身を隠している。

それでも赤子は手を伸ばす。

「どうかした？　何か見えた？」

「あう……」

必死に手を伸ばす赤子。そんな赤子に俺も手を伸ばす。触れ合うわけではない。

ただ、俺の様子を見たからか、それともただの偶然か。

赤子は満足気に微笑んだ。

その笑みを見たあと、俺も笑みを浮かべて、その場をあとにした。すでに連合王国の港は間近だったからだ。

部屋に戻ると、急いで仮面を外す。

そしてゆっくりと椅子に体を預けた。

すると、ちょうどシャルが訪ねてきた。

「アル？　少し相談があるの」

「どうした？」

「東側の領主たちのことなんだけど……アル？」

「うん？」

シャルは怪訝そうな表情を浮かべて、俺の顔を覗き込む。

そして。

「――泣いてたの？」

「泣いてないさ」

「嘘よ。目が赤いわよ？」

心配そうな顔でシャルはそっと俺の頬に触れる。

そんなシャルの手を握りながら、俺はフッと笑う。

「大丈夫だ」

そう大丈夫だ。あの無邪気な赤子の父親を俺は奪った。討たねばならない理由があったとはいえ、父親のいない人生をあの子に押し付けた。

そう思うと涙が出てしまった。けれど、もう大丈夫だ。切り替えた。

もう、家族で殺し合うのはごめんだ。もう家族を失ったりはしない。

たとえ誰が相手であろうと。俺は俺の家族を守ってみせよう。この命に代えても。

そう、決めたのだ。

最強出涸らし皇子の暗躍帝位争い12
無能を演じるSSランク皇子は皇位継承戦を影から支配する

著　タンバ

角川スニーカー文庫　23835
2023年10月１日　初版発行

発行者　山下直久
発　行　株式会社KADOKAWA
〒102-8177 東京都千代田区富士見2-13-3
電話　0570-002-301（ナビダイヤル）
印刷所　株式会社暁印刷
製本所　本間製本株式会社

●お問い合わせ
https://www.kadokawa.co.jp/（「お問い合わせ」へお進みください）
※内容によっては、お答えできない場合があります。
※サポートは日本国内のみとさせていただきます。
※Japanese text only

Printed in Japan　ISBN 978-4-04-114180-9　C0193

★ご意見、ご感想をお送りください★
〒102-8177 東京都千代田区富士見 2-13-3
株式会社KADOKAWA　角川スニーカー文庫編集部気付
「タンバ」先生「夕薙」先生

角川文庫発刊に際して

角川源義

第二次世界大戦の敗北は、軍事力の敗北であった以上に、私たちの若い文化力の敗退であった。私たちの文化が戦争に対して如何に無力であり、単なるあだ花に過ぎなかったかを、私たちは身を以て体験し痛感した。西洋近代文化の摂取にとって、明治以後八十年の歳月は決して短かすぎたとは言えない。にもかかわらず、近代文化の伝統を確立し、自由な批判と柔軟な良識に富む文化層として自らを形成することに私たちは失敗して来た。そしてこれは、各層への文化の普及滲透を任務とする出版人の責任でもあった。

一九四五年以来、私たちは再び振出しに戻り、第一歩から踏み出すことを余儀なくされた。これは大きな不幸ではあるが、反面、これまでの混沌・未熟・歪曲の中にあった我が国の文化に秩序と確たる基礎を齎らすためには絶好の機会でもある。角川書店は、このような祖国の文化的危機にあたり、微力をも顧みず再建の礎石たるべき抱負と決意とをもって出発したが、ここに創立以来の念願を果すべく角川文庫を発刊する。これまで刊行されたあらゆる全集叢書文庫類の長所と短所とを検討し、古今東西の不朽の典籍を、良心的編集のもとに、廉価に、そして書架にふさわしい美本として、多くのひとびとに提供しようとする。しかし私たちは徒らに百科全書的な知識のジレッタントを作ることを目的とせず、あくまで祖国の文化に秩序と再建への道を示し、この文庫を角川書店の栄ある事業として、今後永久に継続発展せしめ、学芸と教養との殿堂として大成せんことを期したい。多くの読書子の愛情ある忠言と支持とによって、この希望と抱負とを完遂せしめられんことを願う。

一九四九年五月三日

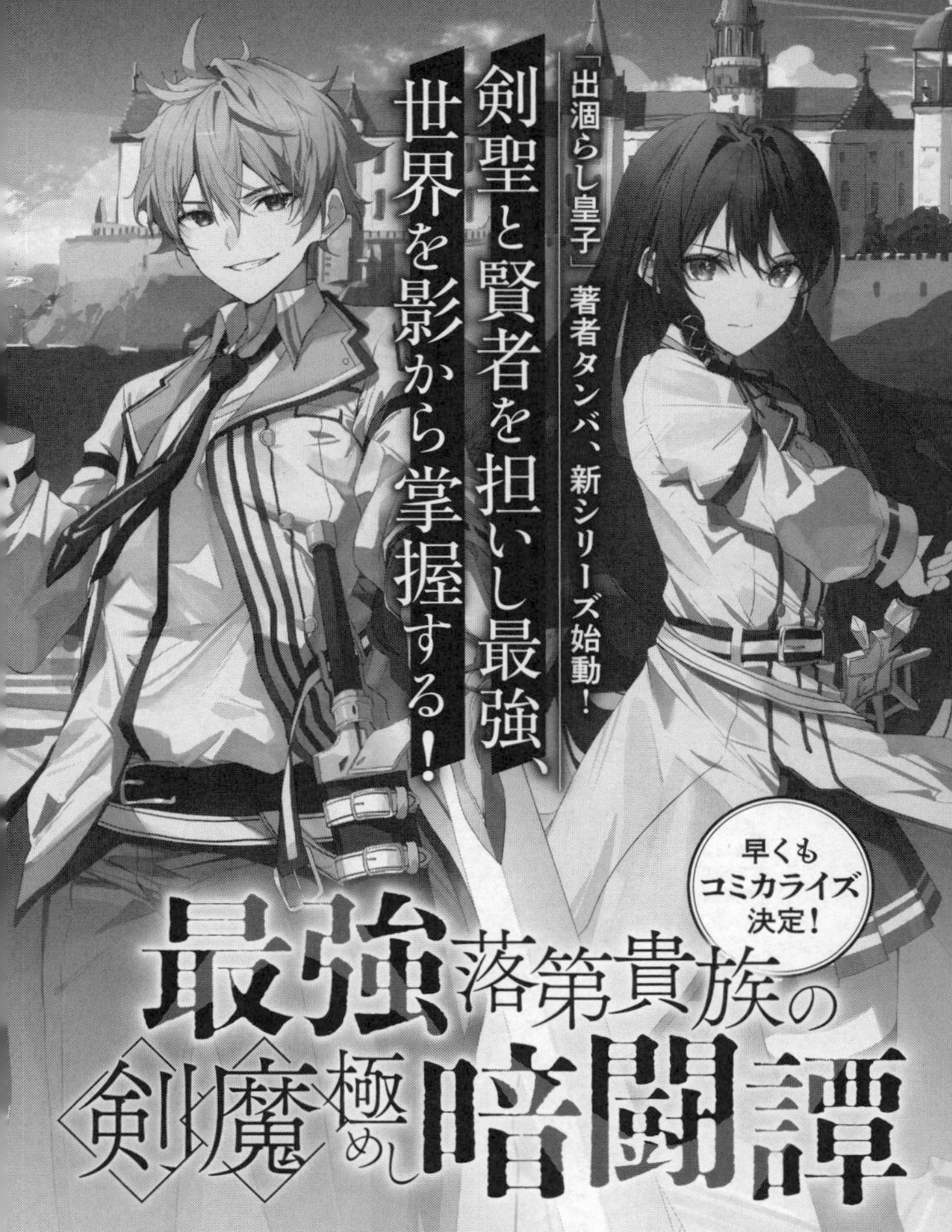
「出涸らし皇子」著者タンバ、新シリーズ始動！
剣聖と賢者を担いし最強、
世界を影から掌握する！
早くもコミカライズ決定！
最強落第貴族の剣魔極めし暗闘譚

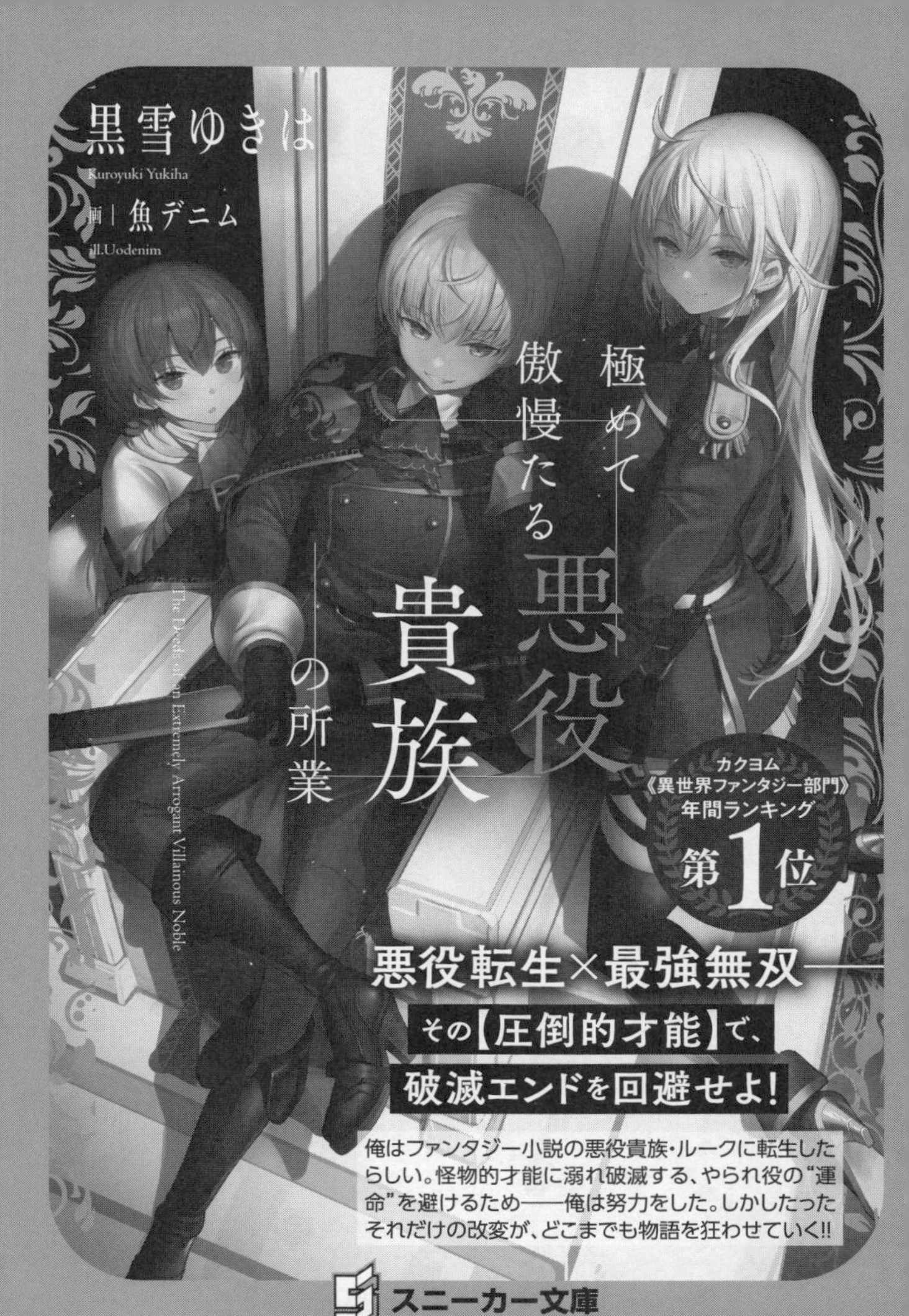

黒雪ゆきは
Kuroyuki Yukiha
画｜魚デニム
ill.Uodenim
極めて傲慢たる悪役貴族の所業
The Deeds of an Extremely Arrogant Villainous Noble
カクヨム
《異世界ファンタジー部門》
年間ランキング
第1位
悪役転生×最強無双——
その【圧倒的才能】で、
破滅エンドを回避せよ！
俺はファンタジー小説の悪役貴族・ルークに転生したらしい。怪物的才能に溺れ破滅する、やられ役の“運命”を避けるため——俺は努力をした。しかしたったそれだけの改変が、どこまでも物語を狂わせていく!!
スニーカー文庫

すめらぎひよこ
ep.1
illustration
Mika Pikazo
background painting
mocha
魔王城、燃やしてみた
我が焔炎にひれ伏せ世界
12年ぶり「大賞」受賞作!
最強爆焔娘の異世界コメディ!
第27回
スニーカー大賞
大賞
スニーカー文庫
(あわよくば何か燃やしたい……)という欲求を抱いていたホムラは異世界へと招かれる――。燃やすことこそ大正義! 焼却処分はエクスタシー!! 圧倒的火力で世界を制圧していく残念美少女ホムラの行く末は!?
The Devil's Castle, Burning
By my flame the world bows down
スニーカー文庫